玫瑰传奇

中世纪爱的艺术

L'ART D'AIMER AU MOYEN ÂGE

[法]纳塔莉·科耶
[法]玛丽-埃莱娜·泰尼埃 等著
董子云 吕珊珊 译

LE ROMAN DE LA ROSE.

GUANGXI NORMAL UNIVERSITY PRESS
广西师范大学出版社
·桂林·

MEIGUI CHUANQI : ZHONGSHIJI AI DE YISHU
玫瑰传奇：中世纪爱的艺术

图书在版编目（CIP）数据

玫瑰传奇：中世纪爱的艺术 /（法）纳塔莉·科耶等著；董子云，吕珊珊译. --桂林：广西师范大学出版社，2023.1
ISBN 978-7-5598-5580-0

Ⅰ. ①玫… Ⅱ. ①纳… ②董… ③吕… Ⅲ. ①叙事诗－诗歌研究－法国－中世纪 Ⅳ. ①I565.072

中国版本图书馆 CIP 数据核字（2022）第 204246 号

广西师范大学出版社出版发行
（广西桂林市五里店路 9 号　邮政编码：541004
网址：http://www.bbtpress.com）
出版人：黄轩庄
全国新华书店经销
中华商务联合印刷(广东)有限公司印刷
（深圳市龙岗区平湖镇春湖工业区 10 栋　邮政编码：518111）
开本：787 mm × 1 092 mm　1/16
印张：13.5　　字数：95 千字
2023 年 1 月第 1 版　　2023 年 1 月第 1 次印刷
定价：128.00 元

Le Romant de la Rose

本书中《玫瑰传奇》原文的校勘、翻译和行号参照阿尔芒·施特鲁贝尔（Armand Strubel）于1992年出版的《玫瑰传奇》（哥特文学丛书，法国总书店出版，口袋本）。该校勘本的底本为法国国家图书馆藏法语12786号和378号手抄本。

1（见护封右侧图）“《玫瑰传奇》之争”与这幅插图完全同时代，前者或许正是后者灵感的来源。画中，克里斯蒂娜·德·皮桑（Christine de Pizan）坐在她的书桌前，一个爱慕者正向她献着殷勤。（见第128页图89，第137页图注）

薄伽丘《名媛》（*Le Livre des cleres femmes*），法国国家图书馆，法语598号手抄本，第92页反面（巴黎，1402—1403年）

2（见前页图）贝里公爵让（duc Jean de Berry）的藏书票细节。公爵的书记官让·弗拉梅尔（Jean Flamel）绘，保存于公爵拥有的五部《玫瑰传奇》手抄本中的一部上。

《玫瑰传奇》，法国国家图书馆，法语380号手抄本，A页（巴黎，约1400年）

目录

Ci commance li rommans de la rose.

Maintes genz dient q en songes
Na se fables non et mensonges
Mais on puet telz songes songier
Qui ne sont mie mensongier
Ains sont apres bien apparant
Si en puis bien traire a garant
J. aucteur qui ot non macrobes
Qui ne tint pas songes a lobes
Ancois escript la vision
Qui avint au roi cippion
Quiconques cuide ou qui que die
Quil soit foleur ou musardie
De croire que songes aveigne
Qui le vodra por fol men tiegne
Car endroit moy ai je fiance
Que songes est segnefiance
Des biens aus genz et des ennuiz
Que li plusieur songent de nuiz
Maintes choses couvertement
Que len voit puis apertement

Au vintieme an de mon aage
Ou point quamours prent le paage
Des jones genz couchiez mestoie
En mon lit si com je soloie
Et me dormoie mult forment
Si vi .i. songe en mon dorment
Qui mult fu biaus et mult me plot
Mais en ce songe onques riens not
Que tretout avenu ne soit
Si com li songes racontoit

Or vueil ce compte rimoier
Por plus vos cuers faire esjoier
Quamour le me prie et commande
Et se nuls ne nulle demande
Comment je vueil que cilz rommans

中文版序言

《玫瑰传奇》(*Roman de la rose*)[1]是一首法语诗，它诞生于13世纪下半叶巴黎社会所特有的典雅与渊博的双重传统中。这部作品采用诗体，语言为一种源自拉丁语并流传于法国北部的罗曼语，不过它也深受法国南部吟唱典雅爱情(fin'amor)的吟游诗人(troubadour)的启发。这部作品主要讲述了"寻觅爱情"这一普遍而永恒的主题，而它表现这一主题的方式广博且近乎详尽，并没有遗漏任何选项、诠释和知识。这或许就是它如此吸引人的原因。《玫瑰传奇》的形式与内容决定了其受众主要是世俗人士，其传播范围十分广泛，上至贵族，下至学生，遍及市民阶层。《玫瑰传奇》与《列那狐的故事》《亚瑟王传奇》同列，至今仍然是法国中世纪文化中最为著名的文本之一，不过或许也是其中最难以进入的文本之一。其中精美的插图为我们理解文本提供了帮助。这部杰作留存至今的手抄本数量多得令人惊讶，这也令它跻身名副其实的畅销书之列。

《玫瑰传奇》诞生于两位作者的笔下。第一位名叫纪尧姆·德·洛里斯(Guillaume de Lorris)，是一位敏感的诗人(我们对他几乎一无所知)。他所撰写的约四千行诗延续了纯粹而略显造作的典雅爱情传统。在他逝世四十年后，一位著名的大学教师让·德·默恩(Jean de Meun)以一种戏谑乃至讽刺的笔调续写了这部作品，为其注入了各种有关爱情的知识，如同百科全书般丰富。这部作品完成于1280年左右，从13世纪末起，直到16世纪30年代，它不断地被商业化，而且总是足本刊印。它所获得的成功在14世纪到达了顶峰，那是一个尚不了解利用机器复制文本的西欧中世纪时代。那些在14世纪中期产于巴黎的抄本很明显都被整理统一过了，它们见证了书商们为应对增长的需求所做出的努

3 在"爱情"与"危险"之间沉睡的人(见第14页图注)

力，他们所采用的手工制书法费时且花费不菲。《玫瑰传奇》保留至今的约三百份抄本极为生动地展示了中世纪方言[2]文学文本的传播。下至供个人使用的简陋抄本，上至最为豪华的带有奢侈标志的抄本，书商所提供的抄本类型十分丰富。制作它们的既有无名工匠，也有知名艺术家。

在16世纪初期弗朗索瓦一世（François 1er）与克莱芒·马罗（Clément Marot）时代的法国，《玫瑰传奇》的余辉仍然闪耀。那是文艺复兴的文化获得胜利的时代。在西欧印刷术升级为活字印刷术后，出现了一些《玫瑰传奇》的印刷版本，然而那时，人们对它已经失去了兴趣：其过时的语言与陈旧的内容不再能让读者买账。在过去的两个世纪里，这部作品经历了起起落落，但还是没能逃过停售的结局。在路易十四时代，人们完全遗忘了它，它不再是一部文学作品，而成了一件收藏品。而18世纪起一直到现代，它逐渐成为学者研究的对象。

从20世纪70年代起，在法兰西公学院教授费利克斯·勒夸（Félix Lecoy）的著名科学校勘本[3]获得出版后，《玫瑰传奇》便成为法国高等教育的内容之一。其复杂的内容、艰涩的语言实在是让准备大学竞考的考生望而生畏。那这首诗的魅力究竟来自何处？是因为它精致的题目让人浮想联翩？是因为它允诺要讲述一个永恒而虚幻的爱情故事，而其标志又是最能象征西欧典雅文化的花朵——玫瑰？是因为那些珍贵手抄本所留下的记忆或那消逝过去的残余？是因为中世纪图画与书法产生的共振所激起的情感？是对工匠们如此程度的耐心与技巧的赞叹？还是因为中世纪手抄本中显露出的纯粹人性——距我们如此久远却又令我们感到非常熟悉，使其在我们眼中显得无比珍贵？也许每个喜爱《玫瑰传奇》的人心中都会疑惑：是在怎样一系列的巧合之下，这些手抄本才得以保存了超过六个世纪之久？然而，对于喜爱书籍的人来说，失去它们的恐惧从不会完全消散。

让我们回到现在。2012 年，在法国国家图书馆下属的阿瑟纳尔图书馆（Bibliothèque de l'Arsenal）举办了一场完全以《玫瑰传奇》为主题的展览。[4] 而举办这样一场面向大众的活动，则是为了庆祝一个耗时漫长的数字化工程的完工。

故事要从二十年前讲起。20 世纪 90 年代，信息技术席卷了各个办公室，在文化遗产保管机构和公立高等教育机构里，都正成为日常办公的依托。将纸质的图书检索目录和索引卡数字化，成了法国的图书馆头等重要的工作，它们中有的已历百年之久。大多数于 90 年代下半叶任职的年轻研究者们接触的第一份工作，最先参与的就是这项巨大的工程。紧接着，正如大家所知的那样，数码摄影很快就替代了底片，使静态图像也得到了前所未有的普及。

1996 年的巴尔的摩，法语教授斯蒂芬·尼科尔斯（Stephen Nichols）和约翰·霍普金斯大学（Johns Hopkins University）罗曼语文学系的系主任詹姆斯·M. 比尔（James M. Beall）预见到信息技术的力量对学术界的助益，便构思了一个计划，旨在将《玫瑰传奇》手抄本的电子版集中在一个专门的网站上。于是，romandelarose.org 这个网站就这样诞生了，其目的是让人们能更方便地浏览那些散落在世界各地的最珍贵的手抄本图像，同时也能清楚地考察它们的结构与内容。法国国家图书馆在蒂埃里·德尔古（Thierry Delcourt）这位热情馆长的领导下，也参与了这个计划。图书馆在 2007 年批准了馆藏《玫瑰传奇》手抄本的数字化，保存在法国国家图书馆的这些抄本是《玫瑰传奇》现存于世的副本中数量最多的一部分。在安德鲁·威廉·梅隆（Andrew W. Mellon）基金会的支持下，现如今保存于法国国家图书馆、市立图书馆及大学图书馆的《玫瑰传奇》手抄本都被纳入了 romandelarose.org 这个网站。

读者可以在 romandelarose.org 这个网站上对比约一百五十份数字化

的《玫瑰传奇》副本，它们主要是手抄本，但也有一些印刷本。网站建立了插图系统，内容结构严谨，文本的每一节都设置了索引，这样细致的工作不得不令人赞叹。

数字版《玫瑰传奇》自然而然地被纳入了 Gallica——法国国家图书馆的数字图书馆。因为数字化时代紧随着目录信息化时代到来，这项工作同样也迫在眉睫。此外，数字化也持续见证了图书馆数百位工作人员的努力。然而，图书馆又有了一项新的任务：Gallica 变得如此庞大，以至于有必要对这一巨大的书籍、图像、音像库进行梳理，以便开拓出寻觅知识的路径。为了帮助 Gallica 的使用者穿越艰险，寻得那朵玫瑰，在 2018 年，法国国家图书馆依托 2012 年所举办的展览，制作了附评论的数字版手抄本选集。

总之，对《玫瑰传奇》手抄本的再利用其实历经了许多渠道，它们互为补充：一开始是由大学提出的在国际范围内数字化《玫瑰传奇》的计划（romandelarose.org），继而是两次有关原始手抄本的短期展览（一次是在 2009 年的巴尔的摩，另一次是在 2012 年的巴黎，同时还出版了一本展览册），最后则是由 Gallica 为广大网络读者制作的手抄本选集（https://gallica.bnf.fr/html/und/manuscrits/les-manuscrits-du-roman-de-la-rose）。

而本书在中国的出版，则为这一故事续写了新的篇章。

纳塔莉・科耶

玛丽－埃莱娜・泰尼埃

原版序言

在 13 世纪末到 16 世纪初的两百五十年间，上至博学的教士，下至普通的市民，《玫瑰传奇》一直都是他们的必读之书。它常常被拿来与但丁的《神曲》进行比较，这实际上反映了这部典雅文学[1]和寓言（la littérature courtoise et allégorique）杰作所获得的巨大成功，及其两位作者纪尧姆·德·洛里斯和让·德·默恩高涨的声望。

在今天，只有专家才会和《玫瑰传奇》打交道。然而，在这个数字革命重新洗牌的时代，《玫瑰传奇》在虚拟图书馆中获得了新生。得益于一项由美国构想、在国际合作下进行的项目，这部作品的一百五十份手抄本被汇集到了一起。

如果想了解 www.romandelarose.org 这一网站的起源，就要追溯到大约十五年前。《玫瑰传奇》手抄本数字化计划于 1996 年诞生在巴尔的摩市约翰·霍普金斯大学的罗曼语文学系。该计划主要以教学为目的，最先涉及的是一些保存于不同英语国家院校的《玫瑰传奇》手抄本。

在 2007 年，时任法国国家图书馆手抄本部部长的蒂埃里·德尔古热情地接待了斯蒂芬·尼科尔斯，再次扩大了《玫瑰传奇》虚拟图书馆的规模。尼科尔斯是数字化计划的精神领袖，他向德尔古提议，将法国国家图书馆的一小部分手抄本也囊括在计划之内。世界各地的同仁都知道德尔古是个有远见、有号召力的人。他不但考虑并采纳了尼科尔斯的提议，还希望能数字化所有留存在法国国土（包括法国国家图书馆、遗产图书馆［bibliothèque patrimoniale］[2]、市立图书馆和大学图书馆）上的《玫瑰传奇》手抄本。得益于安德鲁·威廉·梅隆基金会所提供的经费，《玫瑰传奇》的虚拟图书馆在几个月内就增加了一百二十九部手抄本。

对于研究者来说，这些突然丰富起来的，可供自由、免费浏览的手抄本，无疑是一笔天降的巨大财富。这个文本的价值无法估量，然而呈现在读者面前的形式却是艰涩难懂的原始抄本，语言也不是现代法语，这是非专业人士所难以接触的。自 2009 年起，巴尔的摩市的沃尔特斯艺术博物馆（The Walters Art Museum）对外展出了保存在北美的《玫瑰传奇》手抄本节选，约翰·霍普金斯大学和法国国家图书馆也作为合作者参与其中。蒂埃里·德尔古曾经也希望在巴黎举办一个展览，以便和大众一同去了解这座法国文学的丰碑。现存的《玫瑰传奇》手抄本大约有三分之一保留在法国国家图书馆（在手抄本部和阿瑟纳尔图书馆）。这次“中世纪爱的艺术：玫瑰传奇”展览所展出的正是其部分收藏。

不幸的是，蒂埃里·德尔古在展览开幕前就离开了这个世界。我们谨以这本小书向他表达最诚挚的敬意。

布律诺·拉辛（Bruno Racine）

法国国家图书馆馆长

4 玫瑰枝条构成的边框环绕着某部《玫瑰传奇》手抄本的第 1 页（见第 14 页图注）

Aucunes gens dient quen songes
Na se fables non et mensonges
Mais len puet tels songes songier
Qui ne sont mie mensongier
Ains sont apres bien apparant
Si en puis bien traire a garant
Vn auteur qui ot nom macrobes
Qui ne tint pas songes a lobes
Ancois escript la vision
Qui auint au roy scipion
Quiconques cuide ne qui die
Que soit folour ou musardie
De croire que songes auiengne
Et qui vouldra pour fol men tiengne
Car endroit moy ay je fiance
Que songes sont senefiance
Des biens aux gens ou des ennuys
Que les plusieurs songent de nuys
Maintes choses couvertement
Que len voit puis apertement
Au vintiesme an de mon aage
Ou point quamours prent le paage
Des jeunes gens couchiez mestoie

Vne nuit si com je souloie
Et me dormoie moult forment
Si vy vn songe en mon dormant
Qui moult fu bel et moult me plot
Mais en ce songe onques riens not
Qui trestout auenu ne soit
Si com ly songes recensoit
Or vueil ce songe rimoyer
Pour plus voz cuers faire esgayer
Quamours le me prie et commande
Et se nul ne nulle demande
Comment je vueil que ce rommans
Soit appelle que je commans
Ce est le rommant de la rose
Ou lart damours est toute enclose
La matiere est bonne et neuue
Or doint dieu quen gre la recoiue
Celle pour qui je lay empris
Cest celle qui tant a de pris
Et tant est digne destre amee
Quel doit estre rose clamee
Auis mestoit que il estoit mais
Et puet auoir v. ans ou mais
En may estoie si songoie
Ou temps amoureux plain de joie
Ou temps ou toute riens sesgaie
Quil ne remaint buisson ne haie
Qui en may parer ne se vueille
Et couurir de nouuelle fueille
Ly boiz recouurent leur verdure
Qui sont sec tant come yver dure
La terre mesmes sen orgueille
Pour la rousee qui la mueille
Et oublie la pouerte
Ou elle a tout lyuer este
Lors deuient la terre si gobe

Maintes genz dient que en songes
Nait se fable non ⁊ mencoinges
Mais len puet tel songe songier
Qui ne sont mie mencongier
Ainz sont apres bien apparant
Si en puis bien traire a garant
J. aucteur qui ot non macrobes
Qui ne tint pas songes a lobes
Ancois escript la vision
Qui avint au roy scipion
Quiconques cuide ne qui die
Quil soit folie ou musardie
De croire que songes avieigne
Qui se voudra pour fol men tiegne
Quar endroit moy ai fiance
Que songes est senefiance
Des biens aus genz ou des anuiz
Quar li plusieur songent de nuiz
Maintes choses couvertement
Que len voit puis appertement
Au vintisme an de mon aage
Ou point quamours prent le paage
Des jeunes genz couchiez mestoie
En mon lit si com je soloie
Et me dormoie mult forment
Si vi .J. songe en mon dorment
Qui mult fu biauz ⁊ mult me plot
Mais en cel songe onques riens not
Que trestout avenu ne soit
Si com li songes recensoit
Or veil le songe rimaier
Pour voz cuers plus faire esgaier
Quamours le me prie ⁊ commande
Et se nulz ne nulle demande
Comment je veil que cilz roumans
Soit appellez que je commans
Que cest li roumans de la rose
Ou lart damours est toute enclose
La matiere en est bonne ⁊ neuve
Or doint dieu quen gre la receuve
Celle pour qui je lay empris
Cest celle qui tant a de pris
Et tant est digne destre amee
Quel doit estre rose clamee
Avis mestoit quil ert mays
Et puet avoir .v. anz ⁊ mais
En may estoie si songoie
Ou temps amoureux plain de joie
Ou temps ou toute riens sesgaye
Quar len ne voit buisson ne haye
Qui en may parer ne se veuille
Et couvrir de nouvele fuille
Li bois recuevrent leur verdure
Qui sont sec tant com yvers dure
La terre meisme sorgueille
Pour la rousee qui la mueille
Et oublie la pourete
Ou elle a tout lyver este
Lors devient la terre si gobe
Quel veult avoir nouvelle robe

导言

玛丽－埃莱娜·泰尼埃

《玫瑰传奇》令人着迷。它的诗句富有音乐魅力，唤起了我们脑海中有关原初之诗的回忆：那是中世纪法国南北方吟游诗人[1]的歌谣，是被喜悦和爱情冲昏头脑、如痴如狂的云雀之歌；它们在徒劳地凝视着少女的诗人心中铭刻下了悲凉的忧郁（贝尔纳·德·旺塔杜尔［Bernard de Ventadour］的《我看到云雀振翅》［*Can vei la lauzeta mover*］）。在因过时而变得愈发美妙的爱情与荣誉法典的烙印下，诗人呼唤着他遥不可及的爱人、冒险和追求……纪尧姆·德·洛里斯的《玫瑰传奇》诞生于某种属于自然的歌声、香气和美妙之中。正是这自然苏醒过来，邀请诗人成为"爱神"（dieu d'Amour）[2]的仆从。在这田园诗般静谧的世界中，寓意之梦将戏剧的阴影投影其中，将生命和意义注入典雅的处世技巧与普适的爱之艺术中。那些被绘制或雕刻在"悦乐"（Déduit）之园墙壁上的一动不动的形象，有着钩子般手指的"贪婪"（Convoitise）、目光斜睨的"眼红"（Envie）、耳朵长满苔藓的"贫穷"（Pauvreté），以及园中那些翩翩起舞的形象——拿着镜子的"闲散"（Oiseuse）、身着白裙的"高贵"（Franchise）[3]、挟着箭的"柔视"（Doux Regard），描绘出了典雅爱情的道德准则。另一些拟人的形象，诸如"温存"（Bel Accueil，乐于与爱人共处）、"危险"（Danger，少女的抗拒）和"恶口"（Malebouche，各类诋毁），强调了所有初识爱与欲的年轻男子在爱情萌芽时期的大胆主动与踌躇不前。而"理智"（Raison）与"友人"（Ami）的对话则阐述了初试情爱的理念（避免为爱而疯狂，在别人的经验中获得安慰）。

然而，纪尧姆·德·洛里斯的作品（约1230年）在写到"温存"

5 "回春"（reverdie）[4]与春之爱（见第15页图注）

被囚禁，玫瑰花丛被保护于壕沟和围墙之后就戛然而止了。如果不是让·德·默恩在四十年后续写、增补、完结这部作品，将其进行重塑并扩展为一面恋人们的明镜，那么这部有关爱情的百科全书、知识大全——《玫瑰传奇》，是不是可能就永远无法面世了呢？故事已经讲完了：以“占有”（Jalousie）[5]的城堡被攻陷，玫瑰被采撷告终。主要的拟人形象，如“理智”“友人”“爱神”仍然存在，尽管他们在另一个不同的情境中换了个样子出现。然而，组织这部“大全”的方式是全新的；现代读者会在其中迷失方向，因其效法了13世纪末巴黎大学里使用的教学方法。由“理智”、“友人”、“道貌岸然”（Faux Semblant）、“老妇”（Vieille）、“自然”（Nature）和“造化”（Genius）轮番发表的嵌套在一起的长篇大论和相互矛盾的观点正是来源于此。这些拟人形象绝不遗漏任何哲学传统、学派或智慧。在中世纪，这部“大全”是许多格言警句的出处，而今天，人们则试图对其做出种种诠释。

让·德·默恩自如地运用所有笔调来传授爱情的游戏。他通过神话和历史，特别是黄金时代传说[6]的例子，提到了希腊人和罗马人的智慧。他也会让笔下的人物上演一出喜剧：妒火中烧的丈夫揍了妻子一顿，因为她为了她的情夫——一个戴绿帽子的小罗班松（Robichonnet au chapeau vert）（第8533行）浓妆艳抹，去参加什么所谓的朝圣。在让·德·默恩笔下，格言警句与插科打诨并存，他认为，在他那个时代，就算是佩涅罗珀（Pénélope）和卢克莱西亚（Lucrèce）[7]也会被男人“攻陷”。他对“攻陷堡垒”这个隐喻进行了展开（第8609—8611行）：

S'ele est bele, tuit y aqueurent,	若她美丽，众人会蜂拥而至，
Tuit la porsuivent, tuit l'enneurent,	众人追求她，众人讨好她，
Tuit i luitent, tuit i travaillent,	众人为其争先，众人为其尽力，

Tuit i hurtent, tuit i bataillent	众人皆去敲她的心门，众人皆为她争斗，
Tuit a li servir s'estudient,	众人尽心竭力，为她效劳，
Tuit vont entour, tuit la prient,	众人都围着她打转，众人都向她求爱，
Tuit i musent, tuit la convoitent ;	众人为她耗费光阴，众人都垂涎她；
Si l'ont en la fin, tant esploitent,	而男人们通过各种努力后终会得到她，
Car tours de toutes parz assise,	因为一座被四面围攻的高塔，
Enviz eschape d'estre prise.	很难逃过被攻陷的结局。

在让·德·默恩笔下，“老妇”十分无耻。她一副博学的样子，教导少女抛弃廉耻，大玩诱惑与背叛的游戏，这样她们就可以源源不断地从各种人身上获取利益——当然吃相要好看（第13701—13713行）：

Fole est qui son ami ne plume	若她不把爱人身上
Jusqu'à la derniere plume,	最后一根羽毛都拔掉，那她就愚不可及，
Car qui mieus plumer le savra,	因为那些最擅长拔毛的女人，
C'est cele qui meilleur l'avra	会在关系中占据上风
Et qui plus iert chiere tenue,	也会被更加珍视，
Quant plus chier se sera vendue,	因为得到她需要付出代价，
Car ce que l'en a pour noiant,	对于那些唾手可得的女人，
Trop le vait on plus viltoiant	男人们会弃如敝屣
[...]	……
Mais au plumer couvient manere.	但拔毛也讲究技巧。

让·德·默恩的厌女主义很能自圆其说，令我们目瞪口呆。在我们之前，这也同样冒犯到了克里斯蒂娜·德·皮桑，尽管她自己也和中世

纪教士们一样，同样是宗教教育的果实，本该在面对“耕种”、“锻造”和“朝圣”等带有轻佻意义的暗示时心领神会。对我们来说，作者的最终结论——号召在一个基督教和天堂般的世界里毫无节制地繁殖——不再像当年在热尔松（Gerson）的时代那样如此具有挑衅意味。但是，有关引诱的策略、人类命运中爱情的位置、人类自由意志与神的安排之间的调和（第17071—17468行），让·德·默恩的这些叩问对我们而言并不陌生。

然而，让我们暂时先沉浸在采撷玫瑰的故事中吧……

3（见第2页图） 在漂亮的哥特式建筑框架下，《玫瑰传奇》的叙述者梦想摘取玫瑰。在他身边，戴着王冠长有翅膀的是“爱神”，举着大棒的是“危险”，分别象征了他在探寻爱情时的希望与障碍。

《玫瑰传奇》，法国国家图书馆，法语1567号手抄本，第1页（巴黎？[8]约14世纪中期）

4（见第9页图） 玫瑰花叶洒满了沉睡者的床铺，并构成了手抄本标题页（page de titre）的边框，与书籍的标题相呼应。手抄本上可见普莱西·德·阿塞（Plessis d'Assé）家族的纹章。

《玫瑰传奇》，法国国家图书馆，法语804号手抄本，第1页（巴黎，约1420—1440年）

6

5（见第 10 页图） 这一富于魅力的标题页围绕自然这一主题，融合了《玫瑰传奇》十分不同的两部分。鸟儿的歌声让玫瑰花丛显得愈发悦目，叙述者便在其中沉入梦乡。在玫瑰叶饰中，“老妇”劝一位少女享受生活的快乐：一只乌鸦衔着一枚玫瑰花苞；一对情侣正温柔地相拥。

《玫瑰传奇》，法国国家图书馆，法语 1572 号手抄本，第 3 页（巴黎，14 世纪上半叶末期）

6 攻占“爱情”堡垒的主题在 14 世纪世俗用途的象牙制品中十分常见。在图中，这一主题出现在一件梳妆用具上：这是镜匣的一片。

镜匣的一片，克吕尼博物馆（musée de Cluny），384 号藏品（14 世纪）

Ci a le romans de la rose
Ou lart damours est toute enclose

Maintes gens dient
que en songes
Na se fables non
et mençonges
Mais len puet tiex
songes songier
Qui ne sont mie mençongier
Ainz sont apres bien apparant
Si en puis bien traire a garant
Un aucteur qui ot non Macrobes
Qui ne tint pas songes a lobes
Ancois descript la vision
Qui avint au roy Cypion

Quiconques cuit
ne qui que die
Que soit folour
ne musardie
De croire que songes
aviengne
Qui le voudra pour fol me tiengne
Car endroit moy ai je fiance
Que songes sont senefiance
Des biens aus gens et des anuis
Car li plusieur songent de nuis
Maintes choses couvertement
Que len voit puis apertement.

《玫瑰传奇》：叙事

纳塔莉·科耶

纪尧姆·德·洛里斯（第 1—4056 行）

《玫瑰传奇》的前四千行被归于纪尧姆·德·洛里斯名下，它们定义了叙事的框架。叙述者决定在这个框架内填充有关梦境的叙述，对于他来说，梦境是值得被参考的（第 1—5 行）： 图 8

Maintes genz cuident qu'en songe	许多人认为梦境里
N'ait se fable non et mençonge.	只有虚幻与谎言。
Mais on puet tel songe songier	然而人们所做的梦
Qui ne sont mie mençongier,	有时也许并非谎言，
Ainz sont après bien aparant.	而最终完全能得到证实。

梦境开始于一个春天，那是爱情的季节，也是自然苏醒的季节（第 48 行）：

Ou tens amoreus pleins de joie.	那是爱情的季节，满溢着欢乐。

叙述者离开了城市，沿着一条河流漫步。他来到一座被高高堞墙环绕的果园，墙上刻着十幅令人望而却步、“痛苦又悲伤”（第 601 行）的女性画像：“怨恨”（Haine）、“背叛”（Félonie）、“卑鄙”（Vilenie）、“贪婪”、“吝啬”（Avarice）、“眼红”、“悲伤”（Tristesse）、“衰老”（Vieillesse）、“伪信”（Papelardie，即宗教上的虚伪）和“贫穷”。一位美丽的金发守门人—— 图 7 图 9、10、11、12、13

8　寻觅“爱慕者”（见第 24 页图注）

"闲散"站在园口，她告诉叙述者这个地方属于"悦乐"（即娱乐）。围墙将"悦乐"的领地一分为二，领地被典雅爱情的各种价值观所支配，而外墙上则是各类罪恶的拟人形象，她们在园内没有容身之地。诱人的"闲
图 14、15 散"为叙述者打开大门，并引他进到果园内。优雅的年轻人在迷人的大自
图 16 然中玩耍嬉戏，跳着一种叫加罗勒（carole）[1]的法兰多拉舞蹈（farandole）（第 635 行）：

Et sachez que je cuidai estre	要知道，我还以为
Pour voir en paradis terestre...	真的身在人间天堂……

随后，十个表现典雅爱情价值观的拟人形象映入眼帘："欢愉"（Liesse）、"典雅"（Courtoisie）、"悦乐"、"爱情"（Amour）和与他形影不离的"柔视"，同时还有"美丽"（Beauté）、"财富"（Richesse）、"慷慨"（Largesse）、"高贵"和"青春"（Jeunesse）。叙述者离开了这群人，但"爱情"和"柔视"紧随在他的身后。他走近一口泉水，迷恋
图 17 于自己水中倒影的美少年那喀索斯就曾殒命于此。（"危险之镜"［miroir périlleux］，第 1568 行）。在这致命的泉水中，他瞥见了一丛玫瑰的倒
图 18 影。"爱情"向他发射了五支分别名为"美丽"、"单纯"（Simplicité）、
图 19 "高贵"、"陪伴"（Compagnie）和"亲切"（Beau Semblant）的箭矢。[2] 这些箭矢首先射中了眼睛，进而到达心脏。在这些箭矢造成的创伤作用下，叙述者疯狂爱上了他在泉水中看到的一朵玫瑰花苞。他成为"爱
图 20、21 情"的封臣，对他言听计从（第 1952 行）：

A tant deving ses hom mains jointes,	我就这样双手合十地臣服于他，
Et sachiez que mout me fis cointes...	要知道这令我无比欢欣……

爱的征服就此开始，目标是代表少女形象的玫瑰。玫瑰被“危险”（即抗拒）、“恶口”（即谗言）、“羞耻”（Honte）和“恐惧”（Peur）牢牢地监视着。“爱慕者”[3]被尽管犹豫但还会鼓励他的“温存”（美丽姑娘愿意信任他人的天性）引导着，在“友人”的建议与维纳斯的支持下，他放任自己的欲望，亲吻他的爱人。而他的大胆立即遭受了“占有”（即社会伦常的阻碍）的惩罚。“占有”发起了反抗，在玫瑰花从周围建起了一座堡垒，并将过于心软的“温存”关了起来。

图 22

图 23

图 24、25

让·德·默恩（第 4057—21783 行）

纪尧姆·德·洛里斯的叙述在转折点处戛然而止。第二位作者让·德·默恩又将诗篇续写了近一万八千行。让的叙述有个特点：他常常在讲述途中停下来，进行冗长又离题的陈述，其中同时充斥着给“爱慕者”策略性的建议以及大学文化的概要。数个拟人形象轮番上阵，要么劝导“爱慕者”找回理智，要么鼓励他继续追寻玫瑰。

“理智”是第一个进行陈述的。她[4]将爱情贬斥为一种罪恶的快乐，并叮嘱叙述者逃离“爱神”这一无情的主宰（第 4354 行）：

Se tu le suiz, il te sivra,	如果你追寻他，他也将跟随你，
Se tu le fuiz, il te fuira.	如果你弃他而去，他也将不再纠缠。

“理智”举出大量神话例子，让“爱慕者”小心来自“命运”（Fortune）的挫折。至于爱情的欢愉，“理智”断言，“自然”创造它的目的只有一个：种族的繁衍。“理智”认为性行为是合理的，但激情和肉欲不是。在这个前提下，同时考虑到性行为符合造物主（Créateur）

的意愿，那么使用一些露骨的词语就不应该令人感到惊愕，这就是为什么“理智”不惮于使用它们。满口粗话的“理智”和无言以对的“爱慕者”之间的对话带有几分幽默（第6941—7186行），在这段对话中，让·德·默恩提出了一个在中世纪被众人争论的哲学问题：词语是否仅仅是用来谈论事物的工具？

随后，“爱慕者”又放任自己被狡诈、谎言与贿赂引诱。“友人”吹嘘它们，认为它们是攻略一个女人最保险的方法。“友人”以古典时代和中世纪的一种约定俗成的陈词滥调（lieu commun）来为自己的无耻正名：女人卖弄风情、唯利是图、朝秦暮楚。这一看法与嫉妒的丈夫对婚姻的尖刻指责和厌女言论一脉相承，它们算是《玫瑰传奇》中对女性最不友好的段落了（第8469—9364行）。

图26、129 接着，“爱慕者”又遇到了在花园中拥有极大权利的“财富”。“财富”把守着一条以“过度付出”（Trop Donner）为名的小径的入口，这是一条通向爱情的捷径，但却十分危险。原来，“贫穷”就守在小径的出口。然而，囊空如洗的“爱慕者”却吃了“财富”的闭门羹。

被“理智”与“友人”演说打断的实际意义上的情节[5]随之继续。“爱情”召集了他的封臣（他们是与纪尧姆叙述一脉相承的典雅爱情的种种美德），准备围困“占有”的城堡。然而，“财富”的缺席是无法令人忽视的：她拒绝站在“爱慕者”这一方，因为后者从来没有努力让自己变得富有过，也从来没有努力接近过她。然而，“爱情”并不赞成那种靠金钱收买来的爱情，他更偏向受他保护的“爱慕者”。就在这时，封
图27 臣们说服“爱情”将“道貌岸然”（即虚伪）与“一本正经”（Abstinence Contrainte）纳入了他们的行列。“道貌岸然”看上去像一个隐修士，而“一本正经”则带有贝居安修女（béguine）[6]的特征。“爱情”并不赏识“道貌岸然”这个狡猾的变色龙，但却明白把他留在身边所能带来的好

处：“你来做我的兵痞头子吧”（Tu me seras rois des ribauds*，第 10942 行），“爱情”这样说道。“道貌岸然”这一拟人形象含混不清、表里不一（“人不可貌相”[Li abiz ne fait pas le moine]，[7] 第 11062 行），正是他将讽刺与论战引入了《玫瑰传奇》。“道貌岸然”充满恶意地攻讦了当时的托钵修会（ordre mendiant）。在 13 世纪，托钵修会的成功引发了教士们的激烈争论。随后，“道貌岸然”和“一本正经”来到了“恶口”身边。“道貌岸然”迷惑了“恶口”，要求后者向他忏悔，从而趁机将其猛地扼死，并割下了他造口业的器官：舌头。爱情最狡诈的敌人就这样被消灭了（第 12369 行）。 图 29

城堡的高塔敞开了门，“温存”的狱卒也出现了，是一个曾经风流的女人，此人便是“老妇”。如今，“老妇”再也不用担心可怕的“恶口”，她轻易就接受了贿赂，同时，也对年轻的“温存”进行了一番情感教育：让别人爱上自己，自己却不要动心；把自己卖个高价；向每个情人都保证自己只爱对方一个。她建议要将青春和美丽变现，要善于从它们之中获取利益，免得晚景凄凉。她苦涩地承认自己在最后这一点上的失败。“老妇”谴责婚姻，认为它是反自然的，同时赞颂放纵的享乐（第 12559—14550 行）。 图 28、42、43

有了“老妇”的支持，“爱情”和他的队伍攻入了城堡。这时叙述者再次开口，为“友人”、“道貌岸然”和“老妇”耸人听闻的话语致歉。他为自己辩解说，这都是为了教育读者。“任何人都不可鄙视女性”（Car nus ne doit fame despire，第 15213 行），他找补道，但“行文所限……只得如此”（la matière [...] l’exigeait，第 15177 行）。

---

* Ribaud 的意思是高级步兵，因在战争之余敲诈勒索而臭名昭著。至于 le roi des ribauds（字面意思为“步兵头领”），则是国王扈从中的一个官员，负责调查王室中的罪责过失。该官员同时也可裁决赌博和妓女。Ribaud 由此引申成了与“混混”“浪荡子”同义的贬义词。本书脚注均为作者注。

激烈的战斗开始了，“爱情”的封臣们与其对立的拟人形象逐一进行车轮般的决斗（“高贵”对“危险”、“危险”对“怜悯”[Pitié]、“怜悯”对“羞耻”……），此类战斗的原型是诗人普鲁登修斯（Prudence）笔下拟人形象的善恶之战（《心灵的冲突》[*Psychomachia*]，5 世纪初）。战斗中，进攻者们体力不支要求停战。维纳斯坐在一架由六只鸽子拉着的战车上，飞来帮助他们。

随后上场的是“自然”。她眼含热泪，懊悔自己的过错，并请求她的祭司“造化”，“繁衍之地的神和主宰”（le dieu et le maître des lieux de la reproduction，第 16290 行），接受她的忏悔。“自然”对世界进行
图 30 了描述，并阐述了其美好的秩序。但她后悔“令人类出生”（第 19029 行）。在她眼中，人类是有罪的，他们用自杀、阉割等行为否定了生命本身。她的陈述很长，独立于叙事之外，涉及艰深的科学[8]和神学主题。“自然”要确保世界的平衡和延续，她敦请“造化”鼓励那些希望“正确去爱”并“传宗接代”的人（第 19390 行）。

图 31 “造化”宽恕了“自然”。他站在一座讲坛上，对封臣们发表演说。他贬斥守贞与男同性恋行为，同时，他还通过许多带有性暗示的隐喻（尤其是“深耕”），鼓励以繁衍之名将爱情付诸实践（第 19705 行）：

Arez, pour Dieu, baron, arez,	耕种吧，为了上帝，封臣们，耕种吧，
Et vos lignages reparez !	将你们的世代延续下去！

叙述者在这里提到有关皮格马利翁（Pygmalion）的希腊神话。童贞的雕刻者沉迷于他创造的杰作，并被极热烈的欲望所驱动着，以至于维纳斯满足了他的欲望，赋予了他的作品生命。叙述者在这里引用皮格马利翁的神话是为了呼应《玫瑰传奇》开篇的那喀索斯。皮格马利翁离经叛道的爱情并非像后者那样没有结果。引用这个故事是在为生命的力

量辩护。

维纳斯点燃了城堡，围城内的人纷纷逃散。“温存”被释放了，他将玫瑰送入了“爱慕者”的怀中。

叙述者愉快地高声唱出一曲赞歌，其中满是对年轻求爱者的大胆建议，并且还以经院学士的口吻总结了一系列贯穿他冒险之途的起起伏伏（第 21577 行）：

Ainsi va des contraires choses :	相对的事物也是如此：
Les unes sont des autres gloses.	一个事物和它的对立面互为注解。

接近目标的叙述者将自己比作一个靠近圣物的朝圣者。叙事结束在一个充满隐喻，但其意义也相当明确的场景——花朵凋谢。其中提到了徒劳无功的反复冲锋，无人开辟的窄径之发现，种子的混合。图 32

做梦者醒来的时刻在同类叙事中一贯十分重要，让·德·默恩则将其处理得十分简练。

7

7　做梦者洗过手后便离开了家，他来到一座小丘，河水从那儿流淌而下。他听着鸟儿的歌声，陶醉其中。他用清澈的水洗脸，然后在一堵围绕着果园的堞墙外发现了诸多与爱情为敌的形象，尤其是读着圣诗集的“伪信”和衣衫褴褛的“贫穷”。

《玫瑰传奇》，法国国家图书馆，阿瑟纳尔图书馆，3339号手抄本，第1页（巴黎，约1410—1415年）

8 （见第16页图）　哥特式框架中的精美图画表现了探求爱情之旅开始的四个传统步骤：“爱慕者”醒转；穿鞋洗漱；沿着清澈的河流前行；来到神奇的果园墙外，叩击大门。在下缘[9]，有一只被拴住的熊和一只被拴住的猴子，与之并排的是一只公狮和一只母狮。

《玫瑰传奇》，蒙彼利埃，校际医学图书馆（Bibliothèque interuniversitaire de Médecine），H 245号手抄本，第2页（巴黎，14世纪下半叶初期）

9　插画者十分忠于文本，其构图富于原创性。画面中，反面形象出现在果园的堞墙墙头，“闲散”则看守着果园的大门（第129—133行）：

我向前走了一段路，
一座宽广的果园映入眼帘，
它被一堵高高的堞墙所环绕，
墙外刻画着
诸多精美的图像。

（Quand j'oi .i. pou avant alé, / Si vi un vergier grant et lé, / Tout clos de haut mur bataillié / Portrait et dehors entaillié / A maintes riches escritures.）

《玫瑰传奇》，香槟沙隆（Châlons-en-Champagne），市立图书馆，270号手抄本，第1页（巴黎，14世纪上半叶末期）

9

Maintes gens dient
que en songes
N'a se flabes non
et menchonges
Mais on puet tels
songes songier
Qui ne sont mie menchongier
Ains sont apres bien apparant
Si en puis bien traire a garant
Un aucteur qui ot non Macrobes
Qui ne tint pas songes por lobes
Anchois descript la vision
Qui avint au roy Cipion
Quiconques cuide ne qui die
Que soit folesce ou musardie
De croire que songes aviegne
Qui ce voura pour fol me tiegne
Car endroit moi ai je creance
Que songes est senefiance
Des biens as gens et des anuis
Car li plusour songent de nuis
Maintes coses couvertement
C'on voit puis apertement
El vintisme an de mon aage
El point qu'amours prent le paage
De iones gens: couchies m'estoie
Une nuit si com je soloie
Et me dormoie mult formant
Si vi .i. songe en mon dormant
Qui mult fu biaus et bien me plot
Mais en cel songe onques riens n'ot
Qui trestout avenu ne soit
Si com li songes recensoit
Or voil cel songe rimaier
Pour plus vos cuers faire esgaier
Amours le me prie et comande
Et se nul ou nulle demande
Coment je voil que cils romans
Soit apeles que je comans
Ce est li romans de la rose
Ou l'art d'amours est toute enclose
La matere en est bonne et neuve
Or doint diex qu'en gre le recheuve
Celle pour qui je l'ai empris
C'est celle qui tant a de pris
Et tant est digne d'estre amee
Que rose doit estre clamee
Avis m'iert que il estoit mays

10

10 在“怨恨”、“背叛”和“卑鄙”之后，叙述者在果园的堞墙上又发现了三个新的与爱情为敌的拟人形象：“贪婪”、“吝啬”和“眼红”。每个人物都各具特征：“贪婪”有着钩子一样的手指；“吝啬”有一个装满金币的箱子和一件破旧的斗篷；“眼红”有着斜睨的目光。

《玫瑰传奇》，法国国家图书馆，法语1566号手抄本，第2页（法国，1351年）

11 “悲伤”、“衰老”和“贫穷”代表了对爱情不利的社会处境，她们也在“悦乐”之园的墙上占据了一席之地。披头散发的“悲伤”哀叹着，她撕开了自己的袍子，露出干瘪的胸部。

《玫瑰传奇》，法国国家图书馆，法语1560号手抄本，第2页反面（巴黎，约1320年）

12 “衰老”被岁月压弯了腰，拄着两根拐杖前行。插画者并没有刻画出纪尧姆·德·洛里斯诗中所精彩描绘的长满了青苔的耳朵和没有牙齿的嘴巴（第355行）：

耳朵上长满青苔，
所有的牙齿都掉得七零八落，
以至于只剩一颗了。

（Les oreilles avoit mossues / Et toutes les denz si perdues / Qu'ele n'en avoit mes que une.）

《玫瑰传奇》，法国国家图书馆，法语1560号手抄本，第3页（巴黎，约1320年）

13 “贫穷”赤着脚，衣衫褴褛，颤抖着蜷缩成一团。

《玫瑰传奇》，法国国家图书馆，法语1565号手抄本，第4页反面（巴黎，1352年）

11

12

13

Ne nul nest qui le me monstrast
Car je estoie trestout seul
Si si doulent et angoisseux.

Tant que au derrein me souuint
Que onques en tel lieu nauint
Quen si beau vergier neust huis
Ou eschielle ou aucun pertuis
Lors men alay grant aleure
Tournoyant la compasseure
Et la cloison de murs quarrez
Tant qua luisselet bien barrez
Trouuay le petit et estroit
Par autre lieu nul ny entroit
Si commencay a ferir

15

14　满头金发的美丽“闲散”看守着奢华的“悦乐”之园入口。

《玫瑰传奇》，法国国家图书馆，法语805号手抄本，第5页（法国，15世纪初）

15　此处的“闲散”表现出纪尧姆·德·洛里斯所赋予她的特征。镜子既象征着女性诱惑力，在中世纪也作为知识的标志。镜子在中世纪有着复杂的含义：它既是忠实的，也具有欺骗性；它指代身体和欲望，同时也指代上帝，因为我们这个被创造的世界是神的倒影。

《玫瑰传奇》，法国国家图书馆，法语1565号手抄本，第5页反面（巴黎，1352年）

14

17

16 在纪尧姆·德·洛里斯所创造的迷人氛围中，“爱神”周围的典雅爱情拟人形象跳加罗勒舞的场景十分具有象征意义。我们在此处可以看到，“柔视”拿着一支箭。叙述者则略微偏离画面中心，探身凝视那喀索斯的泉水。

《玫瑰传奇》，法国国家图书馆，法语19137号手抄本，第68页（鲁昂？15世纪下半叶初期）

17 离开了跳舞的人群，“爱慕者”出发探索果园。纪尧姆·德·洛里斯提及那喀索斯的故事。年轻的那喀索斯看不起爱情，作为惩罚，他爱上了自己的倒影。

《玫瑰传奇》，法国国家图书馆，法语1560号手抄本，第10页（巴黎，约1320年）

18

18 “爱慕者”靠近那片倒映在那喀索斯泉水中的玫瑰花丛，他选中其中一朵花苞，那香气令他心醉（第1652—1658行）：

我在诸多花苞中选中了一个
我便走向了它
其他的花苞皆黯然失色
在我凝视它时
它闪耀的颜色
如此鲜红细腻
甚至比自然所能创造的还要完美……

（De ces boutons .i. en eslui / Ainsint si me trés vers celui / Nulz des autres riens ne prisé / Puis qui je l’ai bien avisé / Car une couleur l’enlumine / Qui est si vermeille et si fine / Comme Nature la puet plus faire...）

《玫瑰传奇》，法国国家图书馆，法语1575号手抄本，第12页反面（巴黎，14世纪上半叶初期）

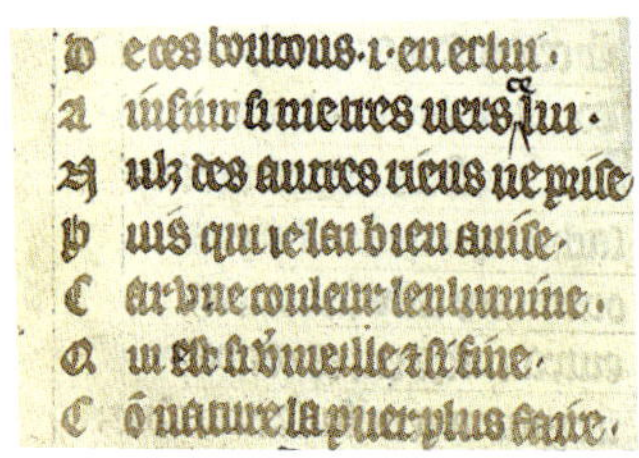

18 （人像左侧部分文字）

19

19 “爱神”射出的第一支箭名为“美丽”。它射中了叙述者的眼睛，进而触及他的心脏（第1682—1692行）。

当爱神发现
我就这样选中了
这朵花苞——它最讨我欢喜，
别的花朵都比不上，
他就立刻拿起一支箭
……
射向我，就这样
刺穿我的眼睛[10]
他将箭猛地射入我的心中……

（Et quant il ot aparceü / Que j'avoie einssi esleü / Ce boton, qui plus me plesoit, / Que nus des autres ne fesoit, / Il a tantost pris une flesche / [...] / Et trait à moi par tel devise / Que parmi l'ueil m'a ou cuer mise / La saiete par grant redor... ）

《玫瑰传奇》，法国国家图书馆，法语24388号手抄本，第14页（巴黎，约1320—1330年）

20

20 带着一颗受创的心，“爱慕者”来到爱神身边，并成为他的仆从。他将双手合十，放入他的领主手中，以示效忠，并与他交换了osculum，即亲吻（第1952行）：

我就这样双手合十地臣服于他，
要知道这令我无比欢欣：
他用他的嘴亲吻我的嘴，
这便是我最大的快乐。

（A tant deving ses hom mains jointes, / Et sachiez que mout me fis cointes : / De sa bouche besa la moie, / Ce fu dont j'oi greignor joie. ）

《玫瑰传奇》，法国国家图书馆，法语24388号手抄本，第16页（巴黎，约1320—1330年）

21

21 “爱情”用一把钥匙锁住了“爱慕者”的心，成为他心的主人。

《玫瑰传奇》，法国国家图书馆，法语24388号手抄本，第16页（巴黎，约1320—1330年）

Mal de vous servir sangoissoit
Si le tres a aprochier
Je ne quier plus en vous fier
Car bien est ore esprouvee
La traison quavez couvee
Si vous en estuet a aler
Fuir ou a reculer
Comment le vilain dangier
Chaca lamant hors du vergier

Je nosai illuec
plus remanoir
Pour le vilain
hericie et noir
Qui me menacoit
a assaillir
La haie me fist tressaillir
A grant paour et a grant heste
Et le vilain crolle la teste
Et dist se iamais y retour
Il me fera prendre mal tour
Comment bel acueil se fuy pour dangier
Lors sen est bel acueil fuis
Et ie remes tous esbahis
Honteus et mas si men repens

Donques dis ie le mien pourpens
De ma folie me recors
Si voi que livrez est mes cors
A paine a duel et a martire
Et de ce ai la plus grant ire
Que ie nose passer la haie
Nus na mal qui amors nassaie
Ne n'avez pas quil i connoisse
Sil na aime quest grant angoisse
Amors vers moi tres bien sa quite
De la paine quil ma dite
Cuer ne pourroit mie penser
Ne bouche domme recorder
De ma dolor la quarte part
A poi que li cuers ne me part
Quant de la rose me souvient
Qu'ainsi eslongier me couvient
Comment raison de la haute tor
Vint conforter lamant

En cel point grant
piece en este
Tant que me vit ensi mat
La dame de la
haute garde

23

23 “爱慕者”最后终于借由“温存”亲吻到了玫瑰（第 3476 行）：

我迅速地从玫瑰那里采撷到了
一个温柔而美妙的吻；
我的快乐毋庸言表，
玫瑰的香气进入我的身体，
驱走我的苦闷，
抚慰了爱情的伤痛，
我常常品味它的苦涩。

（Un baisier douz et savoré / Pris de la rose erraument ; / Se j'oi joie, nus ne le demant, / Car une odor m'entra ou cors, / Qui en gita la dolor fors, / Et adouci les maus d'amer / Qui me soloient estre amer.）

《玫瑰传奇》，法国国家图书馆，法语 1567 号手抄本，第 26 页反面（巴黎？约 14 世纪中期）

22 “温存”是“典雅”的儿子，他帮助“爱慕者”穿过树篱，接近玫瑰花苞，还送了他一片玫瑰叶子。然而就在这时，卑鄙的“危险”拿着他的大棒跳了出来，驱赶闯入者（第 2933—2934 行）：

走开，年轻人，从这里走开！
看我不杀了你！

（Fuiez, vasaus, fuiez de ci ! / Par po que je vos oci !）

他就这样陷入长时间的羞耻和迷惑中，就在这时，上帝聪慧的女儿“理智”从塔楼上下来，出现在他的面前。她建议“爱慕者”忘记他的爱情。

《玫瑰传奇》，莫城（Meaux），卢森堡多媒体图书馆（Médiathèque Luxembourg），52 号手抄本，第 21 页反面（巴黎，14 世纪上半叶末期）

24

24 惊慌的“羞耻”和“恐惧”警告安然睡在一堆叶子上的“危险”。

《玫瑰传奇》，法国国家图书馆，法语 24388 号手抄本，第 27 页反面（巴黎，约 1320—1330 年）

25

25 “占有”用沟渠和围墙将玫瑰花丛围住，她在其中建起了一座塔，将“温存”囚禁起来。

《玫瑰传奇》，法国国家图书馆，法语 24388 号手抄本，第 28 页（巴黎，约 1320—1330 年）

26

26 “财富”是爱情征途上一位分量十足的盟友。但是，走上挥霍无度的道路也会让爱侣倾家荡产。“财富”把守着一条名为“过度付出”的小径。

《玫瑰传奇》，法国国家图书馆，法语1565号手抄本，第66页（巴黎，1352年）

27

27 “爱情”召集了他的封臣，试图将“温存”从监狱中解救出来。穿着长袍、代表虚伪的“道貌岸然”不知道为什么也混入了封臣的行列。“爱情”让他做了自己的“兵痞头子”。

《玫瑰传奇》，法国国家图书馆，法语1565号手抄本，第72页（巴黎，1352年）

28 “道貌岸然”将一顶送给“温存”的用花朵编织的“花冠”（chapel）交给“老妇”。“老妇”没有抗拒很久，就成为“爱慕者”和“温存”的中间人。一段红字标题引出了插图：“看守‘温存’的‘老妇’是如何把花冠转交给他的”——花冠是“爱慕者”在“道貌岸然”的建议下意欲赠予“温存”的。

《玫瑰传奇》，法国国家图书馆，法语1565号手抄本，第83页（巴黎，1352年）

28

Pensif le treuve triste & mourne
De luy reconforter satourne

Comme la vielle qui garde belacuel li aporte le chapel q̃ lamant li envoie par le conseil de faus semblant.

Biax filz dist elle mlt mesmay
Quant vous truis en si grant esmay
Dites moy q̃l cont cil pense
Car se cõseillier vo' en se
Ja ne mẽ verres. J. hom. faindre lamẽt.
Belacuel ne sose complaindre
Ne dire li quoy ne comment
Qui ne set sil dit voir ou ment
Trestout son penser li cela
Que point de feinte m a
De riens en li ne se fioyt
Neis son cuer la deffioyt

29

29 “道貌岸然”和“一本正经”割掉了“恶口”散布闲话和谣言的器官——舌头，把她变成了一个废人。如此一来，与“老妇”的会面就成为可能：对“占有”的城堡进攻迫在眉睫。

《玫瑰传奇》，法国国家图书馆，法语1560号手抄本，第81页（巴黎，约1320年）

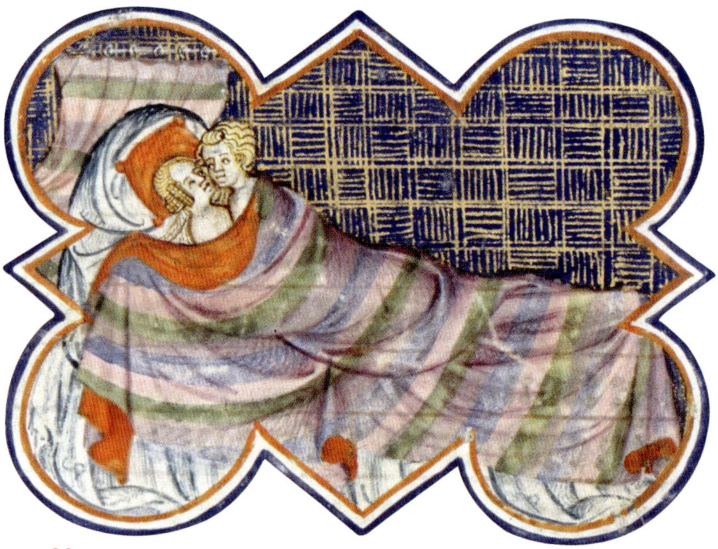

30

30 这幅小装饰画[11]以最为直接的方式表现了“自然”的“锻炉”（forge）：一个个体繁衍的地方。因为“自然”为了确保种族的延续而同“死亡”进行对抗（第15898行及以下）。

《玫瑰传奇》，法国国家图书馆，法语1565号手抄本，第104页反面（巴黎，1352年）

31 主教座上的“造化”向“爱情”的封臣们布道。在他身后，“自然”拿着一只象征情欲的兔子[12]（第19705—19719行）。

耕种吧，为了上帝，封臣们，耕种吧，
将你们的世代延续下去！
如果你们不努力去耕种，
那么什么都挽救不了你们的世代了。
……
用你们赤裸的双手[13]
将犁的手柄举起，
用你们的双臂牢牢支撑。
你们要用力推进犁铧，
向着正确的方向猛进，
以便更好地深耕细作。

（Arez, pour Dieu, baron, arez, / Et vos lignages reparez ! / Se ne pensez forment d'arer, / N'est riens qui les puist reparer / [...]. / Levez aus .ij. mains toutes nues / Les mancheriaus de vos charrues, / Forment aus braz les soutenez / Et du soc bouter vous penez / Roidement en la droite voie, / Pour mieus afonder en la roie.）

《玫瑰传奇》，法国国家图书馆，法语1565号手抄本，第127页（巴黎，1352年）

32 故事最终的场景很少在插画中被表现出来，一些手抄本甚至省略了这段文本：此处我们可以看到采撷玫瑰的景象，以及床上的一对爱人（勒夸版，第21675—21680行、21688—21696行）。

我抓住玫瑰的花枝，
它们比任何种类的柳条都要柔软；
我双手合围，
温柔小心，避开尖刺，
此时，我开始摇晃花苞，
因为若不晃动它的话，就很难将它摘下。
……
在最后，我已说了如此之多，
我撒下了一些种子，
在我摇散花苞时。
我触碰了花苞的内部，
验看小小的花瓣，
因为我想彻底寻觅
直到小花苞的深处，
这是我所希望的。

（Par les rains saisi le rosier / Qui plus sont franc que nul osier ; / Et quant a .ij. mains m'i poi joindre / Trestout souavet, sans moi poindre / Le bouton pris a eslochier, / Qu'envis l'eüsse sans hochier. / [...] / A la parfin, tant vos en di, / Un poi de graine i espandi, / Quant j'oi le bouton eslochié. / Che fu dedens l'oi touchié / Pour les foilletes reverchier, / Car je voloie tout cerchier / Jusques au fons du boutonnet, / Si que moi samble que bon est.）

《玫瑰传奇》，法国国家图书馆，罗斯柴尔德（Rothschild）2800号手抄本，第137页反面（法国北部，1329年）

33

33　著名的《贵族女子与独角兽》（*Dame à la licorne*）是由六幅大约制作于16世纪的挂毯所组成的。由于其画面的复杂性，出现了许多假说试图对其进行诠释，它们各有其道理。其中一个假说认为，这六幅挂毯其实是征服爱人的六个步骤，并在其中看到了《玫瑰传奇》中与典雅爱情有关的拟人形象。基于这一假说，这幅画中所绘制的人物被认为是“视觉”的拟人形象（其标志是手持一面镜子，同时，还抚摸着一头象征情欲的独角兽），她就是那个诱惑者——“闲散”。

《贵族女子与独角兽》，“视觉”，挂毯，国家中世纪博物馆－克吕尼博物馆，10836号藏品

Dame ie uos en mei bie uoi
nen puis eschap. amais ioites
ie uos pri q facie; uoz uolete;
de moi 7 il ert mes grez 7 me
uendra a plesir sanz ptir. uos
seruirai mon ae.
Roy de Navarre
Contre le tans
qui deuise yuer
et plute destey et la mauuiz se de
duise qui de lonc tans na chan
te ferai chancon. car a gre me
uient que iai en pansey amor
qui en moi sest mise bie ma
droit son dart gete. Douce
dame de franchise nai ie point
en uos troue. sele ne si 7 puis
mise q ie ne uos esgarde. ep
auez uers moi fierte. mais ce
fait uie beaute ou il na point
de deuise tant en la gnt pla
te. En moi na pas a tenan
ce que ie puisse aillors paser
fors que la ou conoissace ne
mei ne puis tuer. bie sui fan
por li amer. car ne me puis
saoler. 7 qnt auai cheace pl9
me couendra douter. Dame
rien sui en dotace que ne me
puis plus celer qn li nait. i
pou denfance ce me fait des
confort. car sanz moi a bo pa
ser ne lose ele demostrer se fe
ist qua sa semblance le poisse
deuin. Des que ie li fis pieie
et la pris a esgarder me fist ams
la lumiere des ieuz p le cuer en
trer. cist conduiz me fait guet
donc ie ne me sai garder. nul
ne puet tornarrie li euers mes
uoudroit creuer. Dame a uos
mestuet clam 7 que merci uos
requier dex mi doit merci trouer.
R. de Navarre
Chancon ferai q talanz
men est pris de la meillor qui
soit en tout le mont de la meil
lor recuit que iai mes pris. sele
Plante
Abondance
C/N
Deuise
Separe
Cl. N.

爱的艺术：写作与诠释

玛丽 - 埃莱娜·泰尼埃

对于中世纪的人们来说，《玫瑰传奇》是一部作品，分为两册，这是两册“爱的论著”（tractatus amoris）*，讲述的是爱的艺术，它的第二册延续了征服玫瑰的草蛇灰线，对第一册进行了补全。就算纪尧姆·德·洛里斯和让·德·默恩这两位作者之间隔了四十年也没关系！就算他们两个人出身不同，一个是市民，一个是学士，他们创造了两个不同的世界，一个自成体系、与典雅爱情相关，另一个则博大精深、形式多变，也无所谓！尽管这两册书并无连贯性，纪尧姆·德·洛里斯以做梦者或是“爱慕者”的形象出现，而让·德·默恩则成了梦的解读者，这也无关紧要！《玫瑰传奇》是映像、镜子与衍射，而这种变形的、富有多重意义的含糊正是这部作品大获成功的原因。

典雅的“爱的艺术”

《玫瑰传奇》的第一部分讲述了典雅爱情的艺术，借由南方吟游诗人笔下的“典雅爱情”与罗曼语史诗的传统而生。从北方吟游诗人（例如提堡·德·香槟）的诗歌那里，它借用了为贵族女子提供“爱的服役”（service d’amour）的抒情文学范本，一并还有“爱的生发”

* 在收藏于法国国家图书馆、罗斯柴尔德 2801 号的手抄本中，《玫瑰传奇》的两部分就是这样被介绍的，特别参见手抄本第 29 页反面。

46 被爱伤害的提堡·德·香槟（Thibaut de Champagne）（见第 70 页图注）

（enamourement）、“爱的命令”（commandements d’amour）、“属臣的服役”（service vassalique）等美妙主题。从骑士文学那边，它则借取了有关冒险、寻觅以及神奇之地[1]的叙述。

图 19、34 “爱的生发”始于“柔视”发出的五支黄金箭矢，而在无数叹息、晕厥和绝望之后，徒留“爱慕者”死于爱之美妙的谋杀。“美丽”首先
图 36 击中了“爱慕者”的眼睛，然后直达他的内心，令他一见钟情。随后，
图 39 “天真”和“高贵”用“爱慕者”心上人的善良与其贵族的优雅说服了他。最后，“陪伴”与“亲切”向他保证了在贵族女子身边所能获得的快乐。[2]至于那些同样由“柔视”发出的致命的铁箭矢，我们只知道它们的名字：“骄傲”（Orgueil）、“卑鄙”、“羞耻”、“绝望”（Désespérance）、“思迁”（Nouveau Penser）。纪尧姆·德·洛里斯允诺说会解释它们的“涵义”（senefiance，第 978 行）。这些会不会就是下文所提到的爱情之痛苦所带来的自我的空洞、遥远的爱情、吞噬一切的激情、令人难以置信的羞怯、疯狂之类的相思病呢（第 2262—2554 行）？

关于“爱情”十诫长篇独白（第 2075—2262 行）的灵感来自奥维德，它以一种详尽到有些可笑的方式为“爱慕者”提供了一种关于优雅与社交的准则，而让·德·默恩在《传奇》的第二部分中对其进行了总结：提防卑鄙、谗言和所有语言上的偏颇；要讨人喜欢，注意穿着，充满快乐与活力；避免任何形式的高傲与吝啬（第 10407—10416 行）：

[...] Vilonnie	……我应当从卑鄙
Doi fuir et que ne mesdie ;	身边逃开，同时也不应谣诼他人；
Saluz doit tost donner et rendre ;	我应及时问安并回礼；
A dire ordure ne doi tendre ;	我不应去说粗鄙的话；
A toutes fames honnourer	尊重所有女性
M’estuet en touz tans labourer ;	是我应该一直努力去做的；

Orgueill fuie, cointes me tiengne ;	我应当逃离骄傲，让自己保持优雅；
Jolis et renvoisiez deviengne ;	我应当让自己变得可爱而欢快；
A larges estre m'abandoingne ;	我应当让自己保持慷慨，
En .i. seul lieu tout mon cuer doigne.	并把我整颗心放在一个地方。

对“爱神”俯首称臣式的服役是严格而绝对的。“爱慕者”将双手合十，放入其领主的手中（immixtio manuum），同时用嘴接受对方的亲吻，以示效忠。“爱神”将“爱慕者”的心用钥匙锁了起来，以此保证其完整且专一的用途（第2237—2242行）： 图 20、35 图 21

Et por ce que fins amanz soies,	为了使你成为完美情人，
Veil je et commant que tu aies	我希望并命令你
En .i. seul leu tout ton cuer mis,	将你整颗心放在一个地方，
Si qu'il n'i soit mie demis,	绝不应该三心二意，
Mes touz entiers sanz tricherie,	而应一心一意，不能欺骗，
Que je n'ain pas la moquerie.	因为我不喜欢被戏弄。

梦中冒险与寻觅并征服玫瑰的叙述从一个生动的角度表现了爱的服役，并赋予其时间的深度与精神的维度。那些14世纪带有插图的手抄本如实体现了这一点，它们在扉页（page de frontispice）上逐一表现了做梦者醒来，穿衣（鞋子、裤子、袖子[3]），发现鸟的天堂，靠近果园的墙，偶尔没入其中的一系列举动。有关寻觅并征服玫瑰的叙述则更为简短，而且很少在有装饰画的手抄本中被表现出来。这种叙述也带有年轻姑娘的脆弱，在献辞中，作者也将玫瑰类比作年轻的姑娘（第34—44行）： 图 7、8、49、66、132

Et se nuls ne nule demande　如果有人——男人或女人——
Commant je vueil que li romanz　问我要如何命名
Soit apelez que je coumanz,　这部我着手创作的作品，
Ce est li romanz de la rose,　这就是《玫瑰传奇》，
Ou l'art d'amours est toute enclose.　其中囊括了所有爱情的艺术。
La matiere est bone et nueve :　此书的题材美好而新颖，
Or doint Dieus qu'an gré le reçoive　愿上帝让她高兴地接受这本书，
Cele pour cui je l'ai empris.　这是我为她而写的。
C'est cele qui tant a de pris　她是多么高贵，
Et tant est digne d'estre amee　多么值得被爱，
Qu'ele doit estre rose clamee.　我们应称她作“玫瑰”。

图 57、93 诗人最先在那喀索斯的泉水中瞥到了玫瑰的倒影（第 1612 行），然后她们美妙的芬芳沁人心脾，“浸染”（enbaume）了他，一直抵达他的
图 18 心底（第 1623 行）。“爱慕者”便选择了一朵闪耀的、生机勃勃的、香味扑鼻的玫瑰花苞，所有花苞里最美的一朵（第 1656—1667 行）。他靠得很近，采撷了一片绿叶（第 2866—2876 行）。从此，“爱慕者”就朝思暮想着能够亲吻她，从她初绽的花苞到鲜红的美丽花朵（第 3384—
图 23、41 3388 行）……维纳斯使他获得了这美妙的礼物，可这在之后却变成了他无尽痛苦的源泉（第 3484—3491 行）：

Mout est gariz qui tel flor baise,　亲吻这朵花的人会被治愈，
Qui est si douce e si olanz.　因为它是如此温柔，如此芬芳。
Je ne serai jamés dolanz,　我再也不会感到痛苦，
Si m'en sovient, que je ne soie　只要一想到它，我就
Tout plains de delit et de joie.　充满了愉悦与快乐。

Et neporquant j'ai mainz anuiz	可我却被许多烦恼所折磨，
Soffert et maintes males nuiz,	也经历了很多痛苦的夜晚，
Puis que j'oi la rose besie.	自从我亲吻了玫瑰。

在让·德·默恩笔下，朝圣之旅变得更加理智。他将继续探寻，并让“爱慕者”从绿色繁茂的枝条上摘下漂亮的红玫瑰（第 10605 行）。 图 32

爱的艺术也有它的神奇之地。一个正方形的果园，难以进入，充满 图 7、8、128 魔力，鸟儿的爱情之歌欢快地回荡其间，那里林木葱郁，花果繁茂，走兽遍地，流水潺潺。这是“悦乐”的果园，真正的人间天堂（第 636 行），它将画在墙上的诸多可鄙的形象挡在门外，而在园中，“爱神”优雅的同伴“悦乐”带头，和“典雅”跳起了欢快的加罗勒舞。在郁郁葱葱的草地上，年轻人对女孩们说着甜言蜜语（第 1289 行）。正是“闲散”这位富有而强大的女士引领“爱慕者”进入这个永恒静谧的世界。她是 图 14、15、37 一个有着完美容貌的年轻女子，打扮得雍容华贵，穿着一件根特城所制的织呢长袍，头戴金色花边头冠与新鲜玫瑰编织的花环，手里还拿着一面镜子。除了玩乐和用梳妆打扮消磨时间，她什么都不放在心上（第 584 行）。“闲暇”为诗人打开了通往爱情冒险的大门（第 3000—3008 行）。然而，卑鄙的“危险”身上盖满草叶，躲在角落里，在玫瑰篱笆边发出了警告（第 2825 行）：他代表着起伏不定、苦乐参半的爱的考验。 图 22、44 一些珍贵的、值得被更深入研究的带插图的手抄本试图表现出这一神奇之地的形貌。收藏在图尔奈（Tournai）市立图书馆的 101 号手抄本就以一种极为生动的方式描绘了加罗勒舞以及被“爱情”之箭所追逐的“爱慕者”（手抄本第 12 页反面）。而收藏于莫城卢森堡多媒体图书馆的 52 号手抄本则向我们呈现了一个更为精简的版本：“爱情”端坐在“悦乐”之园中心的王座上（手抄本第 1 页）。

爱恋者的镜子

让·德·默恩所作的《玫瑰传奇》第二部分在《传奇》中就被称为“爱恋者的镜子”（第 10655 行）。这并非美丽的“闲散”所持的象征典雅爱情的镜子，而是一个用来照亮、衍射、变形、摄取的工具。这一部分遵循了中世纪“镜”（speculum）一词的含义，它既是一部有关爱情的知识大全，同时也传递出一种世界观：爱情是这个世界的中心和动力。一些带插图的手抄本试图通过将开篇画放入圆形或环形这一笨拙的方式
图 131 来表现这一点。

于是，有关爱情启蒙的叙述就变成了一场具有讽刺意味的戏剧，它展示了关于爱情不同形式（即情感状况和恋爱举止）的知识，并通
图 70 过那些严肃的拟人形象——“理智”、“友人”和“老妇”——之间无休止的“辩论”（disputes）表现出来。这是属于教士的学养。“理智”首先试图对爱情下一个冗长的定义，来解释它自相矛盾的地方（第 4290—4299 行）：

Amours ce est pais hayneuse,	爱情是带有怨恨的平和，
Amours est hayne amoreuse,	爱情是带有爱意的怨恨，
C’est loiautez la desloiaus,	它是不忠的忠诚，
C’est paours toute asseüree,	是安全的恐惧，
C’est esperance desesperee,	是绝望的希望，
C’est raisons toute forsenable,	是充满疯狂的理智，
C’est forsenerie raisnable,	是理智的疯狂，
C’est douz periz a soi noier	是温柔又致命的溺水，
Grief fais legier a palmoier...	是被轻巧摆弄的沉重负担……

37　“终于，一个年轻的姑娘为我打开了小门”：
“闲散”和她的镜子（见第 65 页图注）

41 亲吻玫瑰（见第 67 页图注）

在谈论完赋予“爱慕者”活力的激情后，“理智”转而审视起那些被人接受的有关爱情的不同的形式：友谊，是“人与人之间共同的善意”（bonne volentez commune des genz entr’eus，第 4682 行）；势利之爱，是“源于‘命运’的爱，如月食般湮灭”（C’est l’amours qui vient de Fortune / Qui s’esclipse comme la lune，第 4779 行）；仁爱，令人“忠诚地”爱着“世界上的所有人”（l’amour de l’humanité, qui fait aimer « touz ceuls dou monde loialment »，第 5444 行）；抑或，本能之爱，则是“顺应自然，期望以适宜方式照料自己的同类，繁殖也好，养育也罢”（c’est naturel enclinemenz / de vouloir garder son sanblable / Par entencion couvenable / Soit par voie d’engendreüre / Ou par cure de norreture，第 5766—5770 行）。

之后，则是“友人”这个值得信赖的伙伴来教导“爱慕者”如何诱惑心上人。从假装漠不关心开始，然后许诺、送礼、叹息、流泪，直至假意吹捧看守玫瑰的门卫。最后是“老妇”更加具体、强硬的经验之谈。她劝导年轻的女孩，趁资本尚在，好好利用她们的青春和美貌。这些有关女性诱惑的建议甚至涉及梳妆打扮或餐桌礼仪，它们正好与“爱情”的十诫相反（第 13593—13596 行）： 图 69

Aussi doit fame partout tendre	女人就应该这样
Ses raiz pour touz les hommes prendre,	四处撒网，以便捕获所有的男人，
Car, pour ce qu’el ne puet savoir	因为，考虑到她并不知晓
Desquels el puist la grace avoir,	从哪些人那里她能得到好处，
Au mains pour .i. a soi sachier	她应当用钩子钩住所有男人，
Doit son croc a touz atachier.	这样至少最后总能有一个上钩。

这些拟人形象所给出的源自神话或历史的例子为那些和爱情有关的

知识提供了素材和思想深度，总而言之就是提供了可信度。在带有插图的手抄本中，榜上有名的首先是维尔吉尼娅（Virginie）[4]、卢克莱西亚、克罗伊斯（Crésus）[5]和尼禄的故事。而在时间上，距离《玫瑰传奇》作者更近的则是爱洛伊丝（Héloïse）和阿伯拉尔（Abélard）、曼弗雷德（Manfred）与贡拉丹（Conradin）[6]的故事。

图 102、113

在与纪尧姆·德·洛里斯的文本遥相呼应的同时，让·德·默恩也对前者的拟人形象进行了改动：他更深入地对他们进行了批判乃至讽刺。"理智"不再是站在爱情之疯狂对立面的德行了。她成为了"智慧"（Sapientia），她既是波爱修斯（Boèce）《哲学的慰藉》（*Consolation de Philosopie*）中的"哲学"（Philosophie），也是阿兰·德·利勒（Alain de Lille）《驳克劳底安那》（*Anticlaudianus*）中的"理智"。她是古典时代智慧的一种形式，是一条中庸之道（第 5757 行）。她鄙夷"盲目"的命运（Fortune « l'aveugle »，第 5888 行）象征的情感放纵与权利和财富的风云变幻；命运的宫殿在浪潮拍打下摇摇欲坠。她是让人类明白自己在宇宙中的位置的智慧。她将爱情定义为一种耽于性乐趣的精神疾病（第 4374—4380 行）：

图 101

C'est maladie de pensee	这是一种思想疾病，
Entre .ij. personnes ennexe,	一下子感染两个人。
Franches entr'euls, de divers sexe,	他们彼此独立，性别不同。
Venant as genz par ardeur nee	这种疾病通过一种热烈的欲望感染到人，
De vision desordenee,	而这欲望源自迷乱的目光，
Pour acoler et pour baisier,	他们进而拥抱、亲吻，
Pour euls charnelment aaisier.	一起沉迷于肉欲。

……其目的是促进种族的繁衍（第 4399—4406 行）：

Mais je sai bien, pas ne devin,	而我知道得十分清楚，这并不用猜，
Continuer l'estre devin	尽可能地延续神的存在
A son pooir voloir deüst	同时在他的同类身上保存自己，
Quiconques a fame geüst,	是所有男人的意愿，
Et soi garder en son samblable,	无论他和哪个女人同床，
Pour ce que tuit sont corrumpable,	因为所有人类都是易朽的，
Si que ja par succession	如此，靠着世代更替
Ne fausist generacion...	种族得以延绵……

代表生命之力的“自然”、锻炉这一象征物（第 15899 行），以及“造化”的发言，将在下文再次重申这一主题。然而，那些带插图的手抄本在表达对作品的整体理解时，并没有保留这个主题，而是将一幅更加符合教会教谕的图像放在了《传奇》的开篇：一丛在“危险”看守下盛开繁衍（floraison-génération）的玫瑰花。

图 30、111

图 44、45

诗歌的艺术

在诗人进入“悦乐”之园前，他就已经被鸟儿的歌声与乐器演奏的音乐卷入了一个令人眩晕的诗歌和爱情的旋涡中。夜莺、鹦鹉和云雀的春之歌让他的心中充满了爱情（第 78—84 行）：

图 49、64

Lors estuet joenes genz antendre	正是此时，年轻人们应当
A estre gay et amoreus,	快乐愉悦，满怀爱意，
Pour le tens bel et doucereus.	因为这是一个美丽又温柔的季节。
Mout a dur cuer qui en may n'aime,	那些身处五月，听着枝头鸟儿

Quant il ot chanter sor la raime	唱出温柔忧伤的歌，
As oissiaus les douz chanz piteus.	却没陷入爱情的人，
An icelui tens deliteus.	他们的心是多么冷酷。

诗人陶醉于这美妙的和谐，进入了果园。园中，百鸟争鸣，它们惊人的数目和天使般的歌声令他着迷（第661—668行）：

Trop fesoient biau servise	那些我向您描述的鸟儿
Cil oissel que je vos devise.	它们的表演是如此的美妙。
Il chantoient .i. cant autel	它们唱的歌是如此
Com fussent ange espiritel,	像天使的歌声，
Et bien sachiez quant je l'oi,	您要知道，当我听到这歌声时，
Molt durement m'en esjoi	我的内心十分欢悦，
Que mes si douce melodie	因为如此温柔的旋律
Ne fu d'ome mortel oie...	从未有凡人听到过……

鸟儿们唱着爱情的歌，诗人心神俱醉，诗兴大发（第700—707行）：

Grant servisse douz et plesant	温柔而美妙的表演
Aloient li oissel menant :	由鸟儿们进行着：
Lais d'amors et sonez cortois	它们用自己的语言
Chantoient en leur servantois,	唱着爱情的抒情诗和风雅小曲，
Li uns en haut, li autres en bas.	一些引吭高歌，另一些则浅唱低吟。
D'itel chant, n'estoit mie gas,	认真地说，
La douçor et la melodie	歌声中的柔情和旋律
Me mist el cuer grant reverdie.	让我的心中充满了春天归来的喜悦。

“爱慕者”加入了“爱神”引领的法兰多拉舞。在回旋曲（rotrouenge）*、吟游歌手的洛林小调以及“悦乐”甜蜜副歌的带领下，他也让自己的梦沉浸在了诗歌和音乐中（第728—749行）。 图 16、50

就在不久之后，他在一棵大松树下发现了一口泉水，石井栏上用“小字”刻着那喀索斯殒命于此（第1432、1508行）。“爱慕者”清楚地知道这位美少年正是在此处成为自己倒影的受害者，然而他却像那喀索斯一样将目光投向泉水，然后在其中看到了果园的倒影。泉水绝不仅仅是欲望的映像，也是文字如是的凝结：在词句的结晶中，重新创造出一个与现实同样真实的世界（第1564—1567行、1585—1591行）： 图 52 图 16、17、54、55 图 56

Si n'i a si petite chose,	所有的细节，
Tant soit repote ne enclose,	哪怕被隐藏起来，
Dont demostrance ne soit faite,	也都一清二楚，
Come s'ele ere au cristal portraite.	像被显示在水晶之中一样。
[...]	……
Car Cupido li filz Venus	因为维纳斯的儿子丘比特
Sema ici d'amors la graine,	在这里播下了爱情之种，
Qui toute a teinte la fontaine,	它散布在整个泉水中。
Et fist les laz en milieu tendre	丘比特在其中张开他的网、
Et ses engins i mist por prendre	设下他的陷阱，来捕捉
Damoiseles et damoisiaus,	少男少女，因为
Qu'amors ne viaut autres oissiaus.	爱情要抓的就是这些小鸟儿。

诗人掉进了这“爱情之泉”（fontaine d'amour，第1594行）、“危险 图 57、93

* 分节的诗歌，最后一行诗会以同样的曲调重复，形成叠句。

之镜”（第 1568 行）的陷阱中，而这“泉水”或“镜子”其实反映了诗人正在书写的关于已逝梦境的文字，诗人在描述梦境，而与此同时，梦境的意义也在不断逃逸他文字的掌控。同时，这也是某种爱情诗歌的映像：“封闭的诗”（trobar clus）[*][7]，在冥想、体系化的修辞和晦涩的表达中自成一体，就像跳加罗勒舞的舞者一样，身处一个绝对完美的世界，排除了一切偏离轨道的可能。

让·德·默恩则完全不同。对他来说，诗意性写作的本质是有预见性且神圣的。他对提布鲁斯（Tibulle）之死——“爱神”为他折断箭矢[8]——的描述与奥维德的描述是一脉相承的（《恋歌》[*Amours*] 第三卷，哀歌九），同时，他也提到了纪尧姆·德·洛里斯和自己的名字，图 71、130 并将它们与古典时代那些歌颂爱情、被诸神眷顾的诗人的名字并列。这赋予了让·德·默恩灵感，他因此描述了自己和纪尧姆·德·洛里斯是如何分别撰写《玫瑰传奇》的（第 10530—10568 行）。

与诗篇开头那喀索斯例子相对的是皮格马利翁的例子，这差不多算 图 58-61 是诗篇的结尾。那喀索斯爱上了一个可望而不可即的对象——他自己的倒影。与之相比，皮格马利翁扶着自己的所造之物——那尊雕像，并用双臂缠绕它，拥抱它。在一种近乎疯狂的混乱中，他都不知道这尊雕像到底有没有生命（第 20930 行）。他给它穿上华贵的裙子，用珠宝和鲜花装饰它。他以一种近乎荒谬的方式让它沉浸在各种乐器（竖琴、吉格琴［guigue］、雷贝克琴［rebec］[**]、管风琴）演奏的音乐里，他为它唱“经文歌的三个声部（motets, trebles, teneures）”[9]。皮格马利翁请求维纳斯赋予这座雕像“肉体、灵魂和生命”。而当他看到雕像活过来时，还以为自己身在梦中。面对自我封闭式的灵感枯竭，让·德·默恩提出了

* trobar clus 指“封闭的诗”（poésie close），在吟游诗人笔下与 trobar leu（“轻快的诗”，poésie légère）相对。

** 吉格琴和雷贝克琴是手摇琴家族中体型最为娇小的成员。

充满寓意的、摆脱一切形式束缚的梦的写作，其意义藏在多层“外衣”*之下。这种写作展现了诗歌形式超乎寻常的丰富性，而这种丰富灵感的产生几乎源自天意。具有创造性的灵感赋予真正完整的诗歌以生命。

诠释的艺术

“写作的游戏”会如纪尧姆·德·洛里斯所保证的那样，是一场在梦终结时才显现的“爱情游戏”吗（第 2063—2074 行）？

Car la fins dou songe est mout bele	因为梦的结尾十分美丽，
Et la matiere en est novele :	内容也别出心裁：
Qui dou songe la fin orra,	听到梦结尾的人，
Je vos di bien que il porra	我向您保证，他会
Des geus d’amors assez apenre,	学到许多爱情的游戏，
Por quoi il veille tant atendre	只要他愿意耐心等待
Dou songe la senefiance	梦的解释
Et la vos dirai sanz grevance ;	而我会毫不费力地为您讲述；
La verité qui est coverte	当您听到我对梦的解释时，
Vos en sera lors toute aperte,	那被掩盖的真相，
Quant espondre m’orroiz le songe,	将会完全展现在您的面前，
Cat il n’i a mot de mensonge.	因为这梦没有一个字是虚幻的。

* “外衣”（integumentum，原意为“膜、包裹物”）是一种表现真实的方式，即在虚构叙事的外衣下展开思考。

当然不是这样。因为做梦的方式还揭示了其他真相，而让·德·默恩评论这个梦的方式更是引来了其他的批评与深度思考。

依照中世纪的一些释经学注解，《玫瑰传奇》的梦至少能引发道德、精神和情欲的三重解读。一些最古老的手抄本的文本语境（contexte）[10] 可以证实这些解读。《玫瑰传奇》与一类“韵文故事”（fabliau）[11] 互为参照，例如《教士的故事》（*Dit du moine*，罗斯柴尔德 2800 号手抄本）；与赞颂爱情的文本（salut d'amour）* 互为参照，例如《北极星》（*Dit de Tremontaine*，法语 378 号手抄本）；与书写灵魂得救的诗歌互为参照，例如《四姐妹》（*Dit des quatre sœurs*，法语 378 号手抄本）；与讽刺教会的文本互为参照，比如《贝尔泽领主的圣经》（*Bible au seigneur de Berzé*，法语 378 号手抄本）。这些有关《玫瑰传奇》的评注得到了那些带插图的手抄本的诠释。

首先是字面意义上的解读，表现形式为“心灵冲突”（psychomachie），即有利于爱情的力量与爱情的敌对力量之间的战争。这些力量首先是
图 7、9、64、132 一些与典雅爱情秩序一致或与之相悖的价值观或是社会情境。那些画在
图 50、51、128 “悦乐”之园墙上沉默的拟人形象以及与典雅爱情为敌的特质，不言自
图 39、40 明地与跳加罗勒舞的舞者们相对。后者唱着歌，手拉手玩乐着，他们头戴花冠，如同天使一样美丽。之后，在一系列的进攻与撤退、接受与拒绝、幸福与恐惧中，出现了被追求少女的情感和举止：“温存”是“典
图 41、42、43 雅”之子，体现了少女对爱情的向往[12]，而少女内心的特质（“怜悯”与
图 68 “高贵”）与她肉欲的苏醒（维纳斯）共同支撑着这一拟人形象。然而，他们被卑鄙的“危险”给击退了，站在“危险”一边的有人言可畏[13]（“恶口”）、家人的反对（“占有”）、心爱女子的腼腆（“羞耻”）。最后，
图 29 男性欲望的力量在使用计谋让“恶口”闭嘴之后，又对“占有”的城堡

* 文字开篇向诗人所赞颂的贵族女子进行问候。

发起了进攻，那里囚禁着玫瑰和她的同伴“温存”。战斗井然有序地进行着，最后维纳斯获得了胜利。每个战士都用其拟人形象的象征物来武装自己，进行了一对一的决斗。“危险”拿着一根从“拒绝之林取来的”大棒，举着“莽撞做成的”盾牌，上面还有“侮辱的边饰”。至于“高贵”，则装备着一根来自“蜜语之林”的美丽又标致的长矛，此外，她还用一张“由恳求做成的盾牌”来保护自己，盾牌上镶着承诺。这种关于“心灵冲突”的文学塑造无疑是在模仿《圣经》富于寓意的评注，已经夸张到了近乎荒谬的地步，犹如道德教谕。 图 98、99

第二种是基督教的解读。在纪尧姆·德·洛里斯笔下，对玫瑰的追寻与一种精神上的朝圣十分相似，后者引领“爱慕者”进入他的内心，直至寻到象征着神圣的玫瑰。出门散步的做梦者面对自然之美，心中充满了喜悦。他发现了一条河流，这条河流向他展现了另一个世界：“他醒转过来”（Il s’éveille）。他将自己背负的罪孽留在花园墙外，以“洁净之身”从“闲散”为他打开的门走了进去。若尔热特·卡梅内（Georgette Kamenetz）* 认为，“闲散”可以被理解为“静修生活”（vie contemplative）[14] 的拟人形象（拉丁文 otium 在这里的意思是不劳作，由此产生了皈依宗教之意）。时间停滞的果园如同天堂，“爱慕者”在其中为“爱”做准备，同时将跳法兰多拉舞的诸多美德 [15] 内化于自己的身上。凝视那喀索斯泉水（即通过失去自我来认识自我的危险之镜）是一种“启示”（illumination）。而“爱慕者”通过进入心灵堡垒（“占有”城堡），完成了与“神”的结合。 图 65、66

让·德·默恩以另一种方式重新提到了人对永恒生命的渴望。在“造化”布道的结尾，他提及了“羔羊之园”（parc de l’Agneau）。在其 图 90

---

* 若尔热特·卡梅内，《“爱慕者”的散步：神秘体验》（*La promenade d’Amant comme expérience mystique*），见《纪尧姆·德·洛里斯的〈玫瑰传奇〉研究》（*Études sur le* Roman de la rose *de Guillaume de Lorris*），让·迪富尔内（Jean Dufournet）编，巴黎，1984 年，第 83—104 页。

中，“生命”之泉源源不断地流淌着，正如挂在一棵橄榄树上的纸卷所提及的那样（第 20525—20529 行）：

Ci court la fontaine de Vie　　这里流淌着“生命”之泉，
Par desouz l’olive fouillie　　在枝繁叶茂的橄榄树下，
Qui porte le fruit de salu.　　树上挂着救赎的果实。

这并不是和带来死亡的那喀索斯之泉的简单对立，而是对“悦乐”之园种种奇妙之处的否定：它们仅仅是“欺骗和徒劳”（truffles et fanffelues）。通过这种方式，让·德·默恩希望读者们能带着批判的眼光阅读纪尧姆·德·洛里斯的作品。正如“道貌岸然”针对托钵修会的讽刺性言论所表明的那样，让·德·默恩呼吁通过“变革”世界，在谎言与表象下寻找真实。

图 32　第三种是情欲的解读。“造化”所推崇的为了延续种族而实施的性行为，在《玫瑰传奇》结尾处被表现为手持一根“直而硬的手杖”（bourdon raide et fort）[16] 的“爱慕者”（朝圣者）摘下了玫瑰，玫瑰随即便凋谢了。手抄本中欢快地再现了这一点，并以此为《传奇》作结（法国国家图书馆，罗斯柴尔德 2801 号手抄本，法语 12953 号手抄本）：

Explicit le rommanz de la rose　　《玫瑰传奇》在这里结束，
Ou l’art d’amours est toute enclose　　其中囊括了爱情的艺术，
Nature rit, si com my samble,　　在我看来，自然展露笑颜，
Quant **hic** et **hec** joignent ensamble.　　当**阴阳**相合时 [17]。

64　居伊·德·莫里（Gui de Mori）为普雷（Pourrès）家族重新撰写的《玫瑰传奇》（见第 84 页图注）

Chi commence li prologes que dant Gui de Mori fist sur le livre de la Rose.

Toute discrete
creature.
Desire a savoir
par nature.
Mais quigniques
desir doit avoir.
Chascuns de le cose savoir.
Qui mieudre est et plus necessaire.
C'est amours car li vivre retraire.
Li cuer sans amours ne peut vivre
Nus cuers car tenus en i vivre.
Kon dist de aucun amme,
Ce mot ke a vous ai rime.
Amours est li vie du cuer.
Ce ne peut estre a nul feur.

Nus cuers sans amis demeure
Li amans couvoite.
Une heure.
Puis dont amis cause leue.
Bien doit avoir chascuns envie.
Avoir d'amours connissance.
Et pour cou que jou des m'enfance
Me sui penes du maintenir.
Amours ne me puis plus tenir.
Que ne face sa volente.
Dont iai le cuer entalente.
Souvent m'en a amoneste.
Souvent en ai requis este.
Et cil ki sont de no couvent.
M'ont requis et proie souvent.

然而，从 1290 年起，居伊・德・莫里，一个出身于加来海峡（Pas-图 64、109de-Calais）地区的修道士，为了让《玫瑰传奇》变得“更加易懂，听起来更加令人愉悦”，就已经着手删去一些淫秽章节，并按照基督教的方向对其进行了改编。

典雅之爱的艺术

34　“柔视”向“爱神”展示他的两张弓和十支箭（第 901 行）：

“爱神”有一个服侍他的年轻人，
他将其留在自己身边：
此人名叫“柔视”。
这个年轻人看着
跳加罗勒舞的人们，并为“爱神”保管着
两张土耳其弓。

（Amors avoit .i. jovenciau / Qu'il fassoit estre iqui delez : / Douz regarz estoit apelez. / Icil bachelers resgardoit / Les queroles et si gardoit / Au dieu d'amors .ij. ars turcois.）

《玫瑰传奇》，法国国家图书馆，法语 1567 号手抄本，第 8 页反面（巴黎？约 14 世纪中期）

34

35　在这幅插图中，画者以符合典雅爱情的方式来阐释“爱慕者”将双手合十放入其领主手中这一场景：“爱慕者”并没有跪在他的领主面前，而好像是和他一起迈出了一个舞步（第 1952—1955 行）。

我就这样双手合十地臣服于他，
要知道这令我无比欢欣：
他用他的嘴亲吻我的嘴，
这便是我最大的快乐。

（A tant deving ses hom mains jointes, / Et sachiez que mout me fis cointes : / De sa bouche besa la moie, / Ce fu dont j'oi greignor joie.）

《玫瑰传奇》，法国国家图书馆，法语 1567 号手抄本，第 15 页反面（巴黎？约 14 世纪中期）

35

36

36　图中并排而坐的是典雅爱情世界中主要的拟人形象——“财富”和“美丽”：戴着王冠的“财富”一手拿着世界，一手持着一根黄金权杖；有着一头金色长发的“美丽”则揽镜自照（第 1013—1019 行）：

在“美丽”身边的是“财富”，
这位夫人身份尊贵，
身价不菲，地位显赫。
那些敢于向她或她的手下发起
　攻击的人，
无论是通过言语还是行动，
实在是傲慢又冒失，
因为她既有毁灭性的力量，也
　能助其一臂之力……

（Delez Biauté se tint Richece, / Une dame de grant hautesce, / De grant pris et de grant afaire. / Qui a lui et au siens mal faire / Osast riens ne par faiz ne par diz, / Il fust bien fiers et bien hardiz, / Qu’el poïst mout nuire et aidier...）

《玫瑰传奇》，法国国家图书馆，法语 1567 号手抄本，第 9 页（巴黎？约 14 世纪中期）

38

37（见第 49 页图） 阴郁而忧心忡忡的“爱慕者”叩击“悦乐”(娱乐的拟人形象）之园的门扉。“悦乐”的情人——皮肤白皙、有着一头金发的“闲散”，手持镜子和梳子，让“爱慕者”进入了这个果园中的明亮世界（第 524—528、564—567 行）：

那被施了魔法的小门
由一位少女为我打开：
她高贵而美丽，
头发金黄如铜盆；
肌肤雪白如雏鸡；[18]
……
她身着一件根特城所制的华美蓝色呢绒长袍，
各处都用金银细线镶着边。
从外表来看，
她的确没什么要操劳的：
只要她梳妆打扮好……

（Le guichet, qui estoit de charme / Adonc m'ovri une pucele / Qui asez estoit gente et bele : / Chevous ot blonz com .i. bacins ; / La chair plus blanche c'un pocins ; / [...] / Cote ot d'un riche pers de Ganz / Cosu fu a ligniaus tout entor. / Il paroit bien a son ator / Qu'ele ere pou enbesoingnié : / Quant ele s'estoit bien pignié...）

《玫瑰传奇》，法国国家图书馆，法语 19153 号手抄本，第 5 页反面（安茹［Anjou］，约 1460 年）

38 “慷慨”梳着长辫子，十分优雅地将一盏金杯送给一个勇敢的年轻贵族，他是亚瑟王家族的一个年轻骑士（第 1124—1129、1172—1176 行）：

在他被“慷慨”选中后
……
没有什么能比听她说出“拿着！”这句话
更令他快乐的了。
……
勇敢的“慷慨”，智慧的“慷慨”，
拉着一个骑士的手，
他是布列塔尼伟大的亚瑟王家族的后裔：
就是他，举着战旗
和那无价的旗标……

（Après s'estoit Largesce prise / [...] / Si n'avoit tel joie de rien / Com quant ele pooit dire « tien ». / [...] / Largece la vaillant, la sage / Tint .i. chevalier dou linage / Le bon roi Artu de Bretaingne : / Ce fu cil qui porta l'enseigne / De valeur et le gonfanon...）

《玫瑰传奇》，法国国家图书馆，法语 1567 号手抄本，第 10 页（巴黎？约 14 世纪中期）

39

39 “慷慨”穿着一条简单的白裙子，手里拿着一个响板，与一个年轻的贵族跳着舞。后者看上去像是坐着的（第 1188—1196 行）：

在所有这些人之后来的是“高贵”，
她的肤色既不是棕色，也不发暗，
而是比雪还白，
她的鼻子也不是奥尔良式[19]的……
她的金发很长，
她像鸽子一样单纯，
她的内心温柔又善良……

（Après tous ceus se tint Franchise / Qui n'iere pas brune ne bise, / Ainz ere plus blanche que nois, / Si n'ot mie neis d'Orlenois [...] / S'ot les chevous blonds et lons / Et fu simple com .i. colons. / Le cuer ot douz et debonere...）

《玫瑰传奇》，法国国家图书馆，法语 1567 号手抄本，第 10 页反面（巴黎？约 14 世纪中期）

40

40 在一片草地上兔子奔跑着，“青春”与她的爱人搂着对方（第1288—1297行）：

加罗勒舞已经跳完了，
因为大多数舞者都去
拥抱他们的爱人，
他们在树下说着情话。
上帝啊，他们的生活真美好！
不羡慕的人都是疯子！
那些能过上这等生活的人，
获得的是最好的东西，
因为比起和一个令他满意的爱人在一起，
没有什么能算得上天堂。

（Les queroles ja remanoient / Car tuit li plusor s'en aloient / Ou lor amies ombroier / Souz ces arbres por donoier. / Dieux com avoient bone vie ! / Fous est qui n'a d'autel envie : / Qui autel vie avoir porroit, / De meillor bien se sofferroit, / Qu'il n'est nus graindres paradis / Qu'avoir amie a son devis.）

《玫瑰传奇》，法国国家图书馆，法语1567号手抄本，第11页（巴黎？约14世纪中期）

41（见第50页图） 在“悦乐”之园中第一次探索的高潮，“温存”将一个美妙的吻作为礼物送给“爱慕者”（第3484—3488行）：

《玫瑰传奇》，法国国家图书馆，法语19153号手抄本，第26页（安茹，1460年）

爱恋者的镜子

42 让·德·默恩撰写的《玫瑰传奇》第二部分有时候也被冠以“爱恋者的镜子”这一称号：这是一部描写各类不同爱情的百科全书，也是一部诱惑策略的汇编。“老妇”与“恶口”一起在城堡中看守“温存”，自己却被一些小礼物所“收买”：“典雅”与“慷慨”给了她一个来自“爱慕者”的花冠，让她送给被囚禁的“温存”。

《玫瑰传奇》，法国国家图书馆，法语1567号手抄本，第92页反面（巴黎？约14世纪中期）

42

43 “温存”收到“老妇”送的花冠后，揽镜自照（第12731—12739行）：

“温存”二话不说，
接过了花冠，
将其戴在了自己的金发上，感到很安心。
“老妇”微笑着，
以她的灵魂、身体、骨头和皮肤起誓说，
从未有哪一个花冠比这一个更适合他。
“温存”左右端详着花冠，
揽镜自照，
看它是不是适合自己。

（Bel Acueill sanz dire autre chose / Le chapel prent et si le pose / Seur ses crins blonz et s'asseüre / Et la Vieille rit et lui jure / S'ame, son cors, ses os, sa pel, / K'ainc ne li sist si bien chapel / Bel Acueill souvent le remire, / Dedenz son miroer se mire, / Savoir s'il est bien seanz.）

《玫瑰传奇》，法国国家图书馆，法语1567号手抄本，第94页（巴黎？约14世纪中期）

43

44

44　一丛玫瑰似乎从半梦半醒的“爱慕者”（教士）床上生长出来了，而拿着大棒的“危险”就在一旁窥伺着。这幅小插画位于《玫瑰传奇》最为古老的手抄本的开篇，其灵感来源于耶西之树[20]。我们可以这样对其进行诠释：与让·德·默恩所说的正好相反，繁殖并不是自由的，反而是被各种禁忌所限制的，尤其是那些来自教会的禁忌。

《玫瑰传奇》，法国国家图书馆，法语378号手抄本，第13页（巴黎，13世纪末）

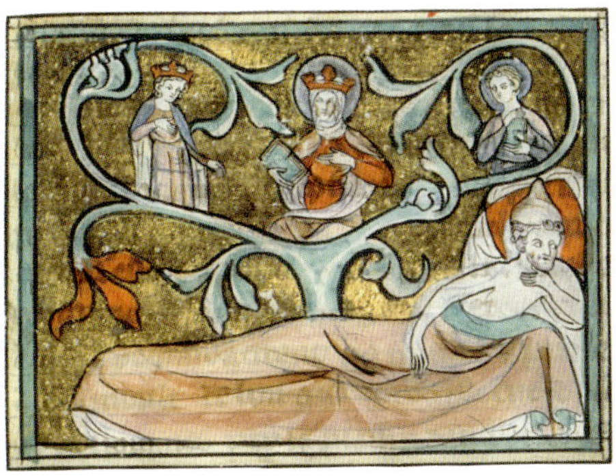

45

45　耶西之树

《通俗圣经》（*Bible historiale*）[21]，法国国家图书馆，法语160号手抄本，第396页反面（巴黎，14世纪上半叶初期）

47

46（见第 42 页图） 在最为纯正的典雅诗歌传统中，纳瓦尔（Navarre）国王提堡·德·香槟为他心爱的贵族女子歌唱爱的奉献：“正像那小小的画眉鸟歌唱万物复苏的春天一样，我歌唱‘爱情’朝我心中射入一箭。”（Comme la petite grive au printemps renaissant，je chante qu’Amour m’a fiché au cœur une flèche）：

我一向“爱情”恳求，
并开始凝视她[22]；
爱情光芒
就从我的眼睛直达我的内心。

（Dès que je li fis prïere / Et la pris a esgarder / Me fist Amors la lumiere / Des euz par le cueur passer.）
（提堡·德·香槟，歌曲第二十四首）

《康热歌集》（*Chansonnier Cangé*），法国国家图书馆，法语 846 号手抄本，第 21 页反面（第戎［Dijon］，13 世纪下半叶）

诗歌的艺术
“我爱，我歌唱”

47 典雅爱情的书写灵感源自南部和北部吟游诗人的诗歌。提堡·德·香槟在歌唱被“爱情”和其心中的贵族女子所囚禁的“爱慕者”就像被少女囚禁的独角兽时，已经提到了“美丽”、“亲切”与“危险”的形象：

我就像那独角兽
前去端详少女，
在目光触及她时惊呆了。
它被这甜蜜的忧愁所缠绕，
在她的胸前昏倒，
而人们就用这种阴险的方式将它杀死。
而我，“爱情”和我的心上人就这样真切地
以同样的方式令我心碎而死。
他们拿走了我的心，我再也无法将其要回
……

（Ausi cum l’unicorne sui / Qui s’esbahist en regardant, / Quant la pucele va mirant. / Tant est lié de son ennui / Pasmee chiet en son giron ; / Lors l’ocit on en traïson. / Et moi ont mort d’autel semblant, / Amors et ma dame pour voir ; / Mon cuer ont, n’en puis point ravoir / [...]）
（提堡·德·香槟，歌曲第三十四首）

《康热歌集》，法国国家图书馆，法语 846 号手抄本，第 1 页（第戎，13 世纪下半叶）：加轮廓修饰的首字母（lettrine détourée）[23]

48 在 13 世纪中期写就的《梨子传奇》（*Roman de la poire*）[24] 就是以“爱的礼赞”形式写就的寓言诗歌，它的灵感源自纪尧姆·德·洛里斯的《玫瑰传奇》。在本图中，同时作为作者与“爱慕者”的提堡将这本书献给了他心爱的贵族女子（第 264 行）：

女士，请收下来自被爱情擒获之人的
这件礼物吧：您是如此庄重，如此高贵，
您拥有大智慧、品德高尚，我爱您，无比尊崇您，
而您的爱情将我俘获，将我囚禁。

（Dame, de par celui qui d’Amors est seurpris, / Recevez ce presant : tant avez los et pris, / De sans et de valeur, que je vous aim et pris, / Et que de vostre amor m’avez lïé et pris.）

提堡，《梨子传奇》，法国国家图书馆，法语 2186 号手抄本，第 10 页反面（巴黎，13 世纪下半叶初期）

Armes de Poictiers.
d'Azur a vi. Besans d'Argent posés 3.2. et 1.
au Chef d'Or.

49 这幅插图位于《玫瑰传奇》的开篇，当叙述者在美丽的五月做梦，或是进入了“悦乐”之园时，鸟儿的歌声会一路引领着他的探索。它们的心中充满了爱的欢乐，喁喁私语、啁啾鸣叫，令诗人也模仿它们，写下了他的《传奇》(第 67—77 行)：

那些沉默已久的鸟儿，
同样忍耐了
冬日的严寒和坏天气，
在这晴朗的五月，
它们是如此愉悦，便在歌声中唱出了
心中满溢的欢乐，
是欢乐让它们歌唱。
正是此时，夜莺愈发努力地
引吭高歌。
正是此时，鹦鹉和云雀
玩耍嬉戏，追逐作乐。

(Li oissel qui se sont teü / Tant qu'il ont le froit eü / Et lou tens d'yver et frerin, / Sont en may pour le tens serin / Si lié qu'il mostrent en chantant / Qu'an lor cuers a de joie tant, / Qu'il lor estuet chanter par force. / Li rossignous lors se reforce / De chanter et de faire noise. / Lors se deduit et lors s'anvoise / Li papegauz et la kalendre.)

边框中的野兔与雄鹿[25]可以被认为是呼应了本书在精神与情色层面的双重解读。第 1 页所画的纹章是普瓦捷－梅兰(Poitiers-Melun)家族的。

《玫瑰传奇》，法国国家图书馆，法语 1565 号手抄本，第 1 页(巴黎，1352 年)

50

51

50　在一个水平的长条装饰框中，典雅爱情的拟人形象们手拉着手，跳着加罗勒舞（即法兰多拉舞）。在他们中间，长着翅膀、戴着王冠的“爱神”由“欢愉”陪伴着，他“满心快乐，歌声悦耳”（l'anvoisie [l'enjouée], la bien chantanz）。

《玫瑰传奇》，法国国家图书馆，法语1567号手抄本，第7页（巴黎？约14世纪中期）

51 就在这时，您会看到旋转的加罗勒舞者，
他们的舞姿十分漂亮，
他们在鲜美的芳草上做出
种种美丽的姿势和美丽的动作。

（Lors veïssiez querole aller / Et genz mignotement bauler / Et faire mainte bele treche / Et maint biau tor sor l'erbe fresche）

（第742—745行）

《玫瑰传奇》，法国国家图书馆，法语19156号手抄本，第6页反面（巴黎，约1320年）

Q ui distrent quilec dessus
S e mourust li biaux narcisus

La fontaine au biau narcisus

N arcisus fu un damoisiaux
Q uamors tindrent a leur rosiaux
E t tant le sot amour destraindre
E t tant le fist plorer et plaindre
Q uil li estuet a rendre lame
C ar echo une belle dame
L avoit plus ame que riens nee

52 “爱慕者”来到了松树树荫下的一口泉水前，他发现了刻在大理石上的如下铭文：“美丽的那喀索斯殒命于此。”（Icy dessus se mourust ly biaux Narcisus.）这口泉是“危险之镜”，那喀索斯掉进了自己倒影的陷阱里（第1568—1575行）：

这是危险之镜，
骄傲的那喀索斯在其中
凝视自己的面庞与明亮的眼睛：
他就这样仰面朝天倒下死去了。
凝视镜子的人
并不能在其中求得庇护或疗愈，
而他的双眼在其中只能看到
那个令他走上爱情道路的人……

（C'est li miroers perilleus / Ou Narcisus li orgueilleus / Mira sa face et ses yauz vers, / Dont il jut puis morz toz envers. / Qui enz ou mireor se mire / Ne puet avoir garant ne mire / Que tel chose a ses ieulz, ne voie / Qui d'amor l'a tout mis an voie...）

在那里，“爱慕者”也陷入了爱情的陷阱，他在泉水中看到了玫瑰花丛的倒影。就在这时，《玫瑰传奇》所书写的爱的激情“戏”（drame）便拉开了序幕（第1585—1586、1592—1599行）……向我们讲述了梦境“内容的真相”（la vérité de la matière）：

由于这粒被（维纳斯之子丘比特）种下的种子，
这口泉水被称作爱之泉，
真是实至名归。
已经有许多人，在许多地方
提到过它，在故事中、在书中。
然而，除了我对这个奥秘的解释，
有关这一内容的真相，
您不会听到更好的了。

（Por la graine qui fu semee, / Fu ceste fontaine clamee / La fontaine d'amors par droit, / Dont plusor ont en maint endroit / Parlé en romanz et en livre : / Mes jamés n'orrez meus descrivre / La verité et la matiere, / Quant j'aurai espont le mistere.）

《玫瑰传奇》，法国国家图书馆，法语380号手抄本，第10页反面（巴黎，14世纪末）

53

53 纪尧姆·德·洛里斯通过将“悦乐”之园的鸟鸣比作海中人鱼的歌声（第672行），传递了一种担忧。因为正如里夏尔·德·富尼瓦尔（Richard de Fournival）所言，人鱼先用他们的喇叭、竖琴或是歌声让水手们入睡，然后再杀掉他们。

这歌声是如此美妙温柔，
以至于并不像是鸟儿的歌声，
不过我们可以将其比作
海中人鱼的歌声，
因为它们的歌声悠扬（saine）而宁静（serie），
故而被称作“塞壬”（seraine）。[26]

（Tant estoit cil chanz douz et biaus, / Qu'il ne sembloit pas chanz d'oissiaus / Ainz le poïst l'en aesmer / As chanz de sereines de mer, / Qui par les voies qu'eles ont saines / Et series ont non seraines.）

里夏尔·德·富尼瓦尔，《爱的野兽志》（*Bestiaire d'Amour*），法国国家图书馆，法语412号手抄本，第230页反面（法国北部，约1285年）

54

56

54、55　那喀索斯因凝视自己的倒影而死（第 1480—1494 行）：

他在清澈的水中
看到了自己的脸、鼻子和嘴巴。
他立刻感到十分震惊，
因为他的倒影完完全全欺骗了他：
他以为自己看到了
一个绝美无比的年轻人的形象。
正因如此，爱情非常清楚如何报复
那喀索斯对其表现出的
极度高傲与不屑。
而那喀索斯也为此付出了代价，
他凝视泉水到了如此的程度，
以至于爱上了自己的倒影。
最后他也因此殒命。
事情的经过就是这样。

（Si vit en l'yaue clere et nete / Son vis, son neis et sa bouchete. / Icil maintenant s'esbaï, / Car ses ombres tout le traï / Qu'il cuida veoir la figure / D'un enfant bel a desmesure. / Lors se sot bien Amors vengier / Dou grant orgueil et dou dongier / Que Narcissus li ot mené. / Bien li fut lors guerredoné / Qu'il musa tant a la fontaine, / Qu'il ama son ombre demeine. / Si en fu morz a la parclose : / Ce fu la some de la chose.）

《玫瑰传奇》，法国国家图书馆，法语 12595 号手抄本，第 12 页反面（巴黎，15 世纪初），以及法语 19156 号手抄本，第 12 页反面（巴黎，1320 年）

56　图中，“爱慕者”抬眼望向太阳，太阳似乎晃花了他的眼。而当太阳将光芒照射在永远清澈的泉水上时，泉水底部的两块水晶石各自反射了果园的一半（第 1534—1536、1552—1563 行）。人们对这谜一般被一分为二的泉中倒影有着不同的诠释。对于一些人来说，这反映了叙述者在梦境中一分为二，而梦中行动的是他自己的影子。而对于另一些人来说，这使人联想到有关寓言诗歌的双重解读：梦的真实性及其表明的意义。罗歇·德拉戈内提（Roger Dragonetti）则认为，这一分裂就是《玫瑰传奇》本身，这部作品将同一个梦中的两次梦幻经历紧密地结合在了一起，这两段奇遇一个来自纪尧姆·德·洛里斯，另一个则来自让·德·默恩。

在泉水的底部有两块水晶石，
我十分专注地凝视它们……
就像镜子展现
在其面前的事物一样，
人们在其中毫无遮掩地看到
这些事物的颜色和形状，
我也完全以同样的方式老实告诉您，
这两块水晶真实地
向那些以凝视水中为乐的人
展现了花园的布局，
因为无论他们身在何处，
都能看到花园的其中一半，
而如果他们即刻转身的话，
就能看到另一半。

57

(Ou fonz de la fontaine aval / Avoit .ij. pierres de cristal, / Qu'à grant entente remiré. [...] / Ausis comme le mireors mostre / Les choses qui sont à l'ancontre / Et i veoit on sanz coverture / Et la color et la figure, / Trestout aussi vos di de voir, / Que li cristaus sanz decevoir / Tout l'estre du vergier encuse / A ceaus qui dedanz l'eaue musent / Car touz jorz quel que part qu'il soient, / L'une moitié dou vergier voient, / Et s'il se tornent maintenant, / Puent veoir le remenant.)

《玫瑰传奇》，法国国家图书馆，法语 12595 号手抄本，第 13 页（巴黎，15 世纪初）

57 “爱慕者”如那喀索斯一般“凝视泉水中的自己”（se mire dans la fontaine），在其中看到了“开满玫瑰的玫瑰花丛”（un rosier chargié de roses）。这是他追寻的目标（第 1612—1619 行）。

在镜子里数以千计的事物中，
我看到开满玫瑰的玫瑰花丛，
花丛位于一个隐蔽的地方，
四周都环绕着篱笆。
我被一个如此之大的欲望给攫住，
以至于不想离开，哪怕要去往帕维[27]，
哪怕要去往巴黎，
虽然在那些地方，我能找到更多的玫瑰。

(Ou mireor entre mil choses / Quenui rosiers chargez de roses / Qui estoient en un destor / D'une haie clos tout entor, / Et lors me prist si grant envie, / Que ne leissase pour Pavie / Ne por Paris que n'i alasse, / La où je vi la greignor masse.)

《玫瑰传奇》，法国国家图书馆，法语 12595 号手抄本，第 13 页反面（巴黎，15 世纪初）

55

58　在《玫瑰传奇》结尾处，皮格马利翁的故事看上去是那喀索斯的映照。皮格马利翁欲望的力量给予他的艺术品生命。而以同样的方式，诗人的抒情冲动将梦的寓言书写变为了现实。皮格马利翁决意考验自己的才能，于是雕刻了一座象牙雕像。他在其中倾注了如此之多的技艺与心血，以至于这座美丽的雕像最终变成了活的。

《玫瑰传奇》，法国国家图书馆，法语 12595 号手抄本，第 150 页（巴黎，15 世纪初）

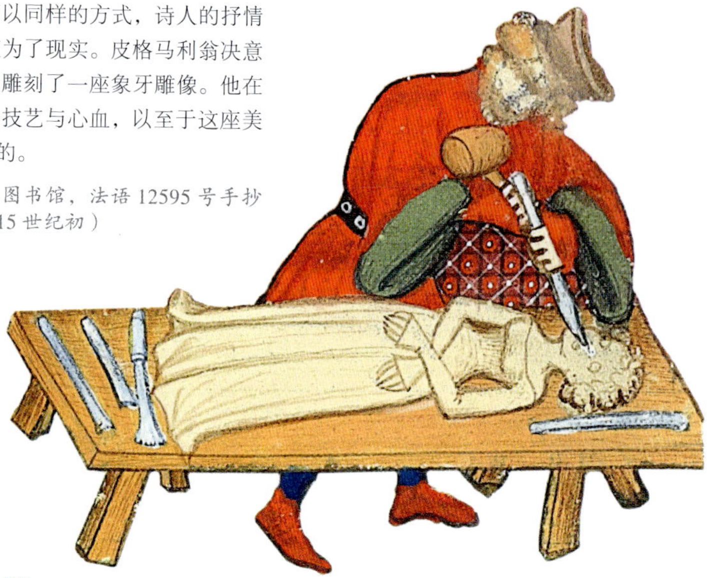

58

59　为爱痴狂的皮格马利翁再也无法获得安宁。他为他的作品穿上珍贵且色彩斑斓的衣服，并为她戴满首饰。衣服与首饰都与写作层面的“外衣”类似：诗人将其作品的深意隐藏在这些拟人形象之下。

《玫瑰传奇》，法国国家图书馆，法语 12595 号手抄本，第 150 页反面（巴黎，15 世纪初）

59

60

60　承诺为维纳斯服务的皮格马利翁向女神祈祷（第 21101—21104 行）：

希望那夺走了我的心的美人
——她与象牙如此相似——
能成为我的忠实爱人，
希望她能拥有女人的身体、灵魂和生命。

（Que la bele qui mon cuer amble / - Qui si bien yvoire ressamble - / Deviegne ma loial amie / Qui de fame ait cors, ame et vie.）

《玫瑰传奇》，法国国家图书馆，法语 12595 号手抄本，第 152 页（巴黎，15 世纪初）

61

61　看到皮格马利翁不再禁欲，维纳斯十分高兴，赋予了他的作品生命（第 21121—21124 行）：

于是，她为这雕像注入了灵魂：
它变成了一个如此美丽的女人，
以至于在整个地区
都找不到和她一样美丽的了。

（A l'ymage envoie lors ame : / Si devint si tres bele dame / C'onques en toute la contree / N'avoit on si bele encontree.）

《玫瑰传奇》，法国国家图书馆，法语 12595 号手抄本，第 152 页反面（巴黎，15 世纪初）

诠释的艺术：讽刺的解读

63

63　一位来自国王掌玺公署的不知名作者在 14 世纪初写了《福韦尔的故事》（*Le Roman de Fauvel*），而在 1326 年，《福万的故事》（*Le Roman de Fauvain*）也于瓦朗谢纳（Valenciennes）问世。它提醒读者防备背信弃义的奉承者。在上图左侧，一匹象征欺骗与虚假的名为福万的马杀死了“忠诚”（Loyauté）。

拉乌尔·勒珀蒂（Raoul le Petit），法国国家图书馆，法语 571 号手抄本，第 148 页反面（瓦朗谢纳，1326 年）

62　和《玫瑰传奇》中一样，对托钵修会的质疑同样也出现在于 1289 年创作的《新列那狐》（*Renart le Nouvel*）中。这部手抄本以一个宏大的“命运”之轮（roue de Fortune）作为结束，在其顶端，撒旦列那狐高坐于王位之上。这段质疑让人想起“道貌岸然”的话（第 11901—11910 行）：

“欺诈”，我的领主和父亲，
是全世界的王。
……
现在，我们统治着每个王国，
而且我们的统治是理所应当的，
因为我们能迷惑所有人，
也十分懂得欺骗人，
以至于没有人在意这一点。

（De tout le monde est empereres / Baraz, mes sires et mes peres. / [...] / Nous regnons ore en chascun regne, / Et bien est droiz que nous resnons / Qui trestuit le monde fesnons / Et savons si les gens deçoivre / Que nus ne s'en puet aperçoivre.）

雅克马尔·热利耶（Jacquemart Geliée），《新列那狐》，法国国家图书馆，法语 1581 号手抄本，第 57 页（阿拉斯［Arras］或里尔［Lille］，13 世纪末）

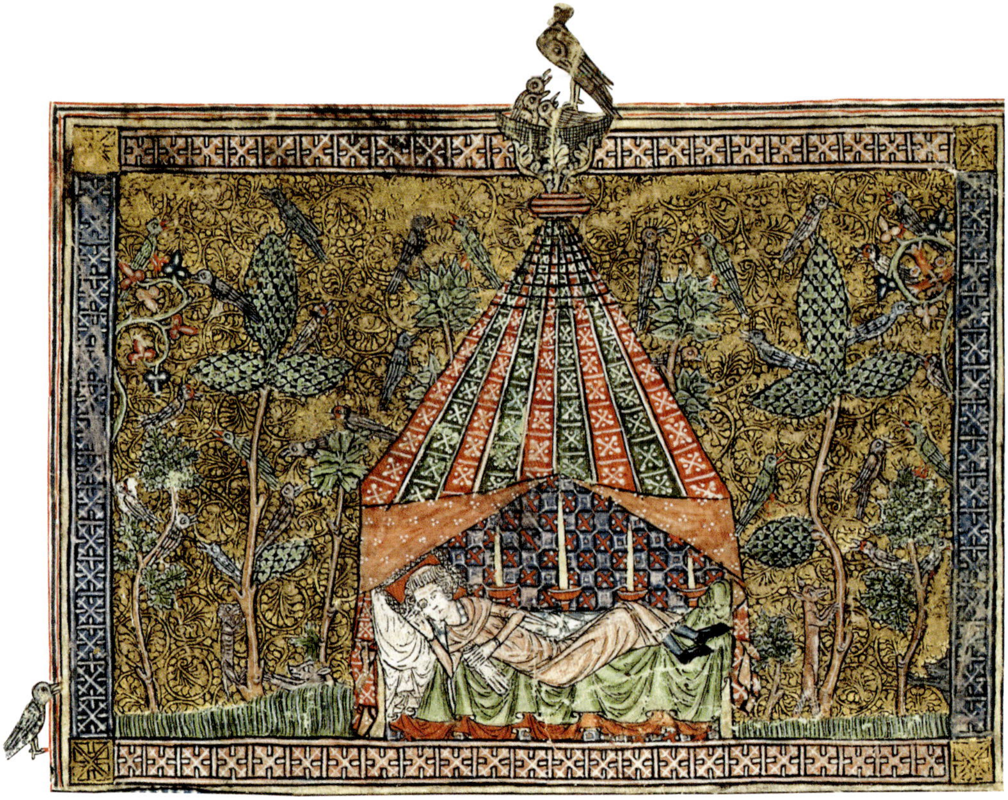

65

64（见第 61 页图，并见下） 居伊·德·莫里根据基督教的理念重新编纂了《玫瑰传奇》，他在“悦乐”之园墙上所画的十个拟人形象（“怨恨”“背叛”“卑鄙”“贪婪”“吝啬”“眼红”“悲伤”“衰老”“伪信”和“贫穷”）之外，又添加了第十一个——“骄傲”，位于下图中部，被描绘成一个手中拿着手套，摆着姿势的年轻贵族：

“骄傲”为其他所有的罪恶
高举战旗，在墙上，
他的形象首先被描绘出来。
……
衣履光鲜，
十分优雅地摆弄着
他手中的一副白色手套。
优雅地扭曲身体，
伸出一条腿，
一只脚插在这条腿后面，
姿态显得十分离经叛道。

（Orgius, qui porte la baniere / De tous les maus, fu en la masiere / portrais tout premerainement. / [...] / Bien estoit cauchiés et vestus, / et d'uns blans gans que il avoit / moult biel deduire se savoit. / Tous se detorgoit par contoise, / l'une gambe avant l'autre mise, / et dou piet en traviers passoit, / tout l'ordre d'aller trespassoit.）

在这部手抄本扉页的底部（见第 61 页），“爱神”高高栖于树枝上，将箭矢射向一对情侣。他们很有可能就是这部手抄本的第一对主人。正如图中的纹章所显示的那样，这或许就是图尔奈的普雷家族。

《玫瑰传奇》，图尔奈，市立图书馆，101 号手抄本，第 5 页（图尔奈，1330 年）

64（细节图）

精神层面的解读

66

65（见前页上部图） 这幅原创插图表现了“爱慕者”精神上的追寻：他摆脱了现实世界，在永恒的生命、幸福和“天国之园”（Verger de Paradis）中重生。沉睡者的四周围绕着蜡烛，如葬礼一般。在他栖身的帐篷顶部，一只喂养小鸟的鹈鹕象征着耶稣的复活[28]。

《玫瑰传奇》，法国国家图书馆，法语 1576 号手抄本，第 1 页（法国南部，14 世纪上半叶）

66 做梦者起身，洗手，然后离开了城市。一条小溪缓缓地在一片原野上蜿蜒，做梦者在这里缝着自己的袖子[29]。变得整洁又优雅的他来到了一条清澈的河边，在河的另一侧，另一个世界呈现在他眼前：一个属于典雅爱情、高尚内心的世界。为了能被这个世界接纳，整洁与优雅应当被拔擢为贵族的美德与智慧。

《玫瑰传奇》，法国国家图书馆，法语 12595 号手抄本，第 1 页（巴黎，15 世纪初）

肉欲层面的解读

67

67　在亲吻玫瑰的情节之后（纪尧姆·德·洛里斯部分，第3473行），“占有”指责“羞耻”没有看守好“温存”。“占有”——代表了一切爱情在社会秩序方面的敌对方——决定用一堵墙将玫瑰花丛围住，以防它们被“淫荡”（Luxure）侵害（第3599行）：

“羞耻”！“羞耻”！“占有”说，
我非常害怕被背叛，
因为放荡很快就会占据上风，
而我立刻就会有蒙羞的风险。
这没什么奇怪的，如果我害怕的话，
因为“淫荡”在许多地方都掌握大权，
她的权力不停地增长着：
就算是在大大小小的修道院，
也无法保证“贞洁”的安全。
这就是为什么，我要新建一堵墙
将玫瑰花丛围起，而那些玫瑰，
我再也不会让人接触……

（Honte, Honte fet Jalousie, / Grant paour ai d’estre traïe, / Car lecherie est tost montee, / Que tost porroie estre ahontee, / N’est merveille se je me dout, / Car Luxure regne par tout : / Ses pooirs ne fine de croistre : / En abeie ne en cloistre, / N’est mes Chasstez a seür. / Por ce ferai de noviau mur / Clorre les rosiers, et les roses / Nes lerai einsi descloses...）

《玫瑰传奇》，法国国家图书馆，法语1567号手抄本，第27页反面（巴黎？约14世纪中期）

68

68 在季赛荣山（mont Cithéron）[30]，手持火炬[31]的维纳斯“欢乐地”（plaisamment）将狩猎技能传授给年轻的阿多尼斯（Adonis），同时，一个年轻的使者邀请后者加入“爱神”的军队（第15663行）。

《玫瑰传奇》，法国国家图书馆，法语1567号手抄本，第115页（巴黎？约14世纪中期）

69（亦见图5）“老妇”坐在一张被玫瑰栅格围绕的长凳上，她给了少女一些有关美好生活的建议，而后者立刻与一个追求者将之付诸实践（第13479行）：

女士应当小心
不要耽于爱情的嬉游，
这样一来她就可能长久等待，
却无人对她伸出手：
她应当寻找爱情的欢乐，
听凭青春将她引领，
因为当衰老攻击一个女人时，
她会失去快乐，不再追逐爱情。
爱情的果实，如果一个女人明智的话，
应当在花样年华之际将其摘下……

（Si doit la dame prendre garde / Que trop jouer ne se tarde / Car el porroit bien atendre / Que nus n'i vorroit la main tendre : / Querre doit d'amours le deduit, / Tant com Juenece la deduit, / Car quant Vieillece fame asaut, / D'amours pert la joie et l'asaut. / Le fruiz d'amours, se fame est sage, / Cueille en la flour de son aage...）

《玫瑰传奇》，法国国家图书馆，法语1572号手抄本，第3页（巴黎，14世纪上半叶末期）

69

71 《玫瑰传奇》的两个作者（见第 100 页图注）

“涵义”与警句：《玫瑰传奇》的教谕

纳塔莉·科耶

《玫瑰传奇》并不是唯一一部试图将爱情作为一个独立主题来处理的作品。然而，相比其他涉及女性和婚姻的文本，它很有可能是最广为流传的。然而，在让·德·默恩奇特的续写中，放荡的唐突话与高水平的哲学思考并存。这一文本汇集了大量种类各异的重要知识、对古典哲学与文学遗产的援引、中世纪科学思想的碎片，以及世俗“常识”（bon sens）的元素。越轨之举和知识主导着这一混合物，将《玫瑰传奇》变成了一个野心勃勃的文本，并且充分展现了让·德·默恩这样的神职人员的学养。

传授爱的艺术

如果你们之中有人对爱的艺术一无所知，

那么希望他能读一读这首诗，通过反复阅读它，去爱。

——奥维德《爱的艺术》，第1—2行

从12世纪起，诸多“爱的艺术”如雨后春笋般出现。它们的灵感都或多或少地直接来自奥维德的《爱的艺术》（*Ars amatoria*），作者因为这首精妙又风流的诗成了公认的爱情主题大师。那些关心文体的神职人员从中世纪开始时就用拉丁文阅读奥维德的诗歌了，之后，追求典雅爱情价值观的群体又通过翻译和注解了解到他的作品。奥维德的《爱的艺术》是一本收集了玩世不恭和轻佻建议的小册子，它给中世纪爱的艺术传达了一种观念，即爱情是一种攻城技巧（art poliorcétique），它可以被传授，也可以被学习。《爱的艺术》有许多继承者：有“神父”安德烈（André le Chapelain）所著的《论爱情》（*De amore*，约 1186 年），这本书将奥维德的《爱的艺术》与《爱药》（*Remedia amoris*）融合成一部有关典雅爱情的论著，叫人千万小心女人；有被后世归于里夏尔·德·富尼瓦尔名下的《爱的诠释》（*Commens d'amour*，13 世纪）；还有《爱的钥匙》（*Clef d'amors*，约 1280 年），这本书通过“钥匙”这个暗喻，试图揭示爱情在何种程度上是权力和知识所角逐的对象。

纪尧姆·德·洛里斯自开篇几行诗起就遵循了奥维德的传统（第 37—38 行）：

Ce est li romanz de la rose,	这就是《玫瑰传奇》，
Ou l'art d'amours est toute enclose.	其中囊括了爱情的艺术。

这说明奥维德这部奠基之作的影响之深远。而索邦大学（Sorbonne）的图书管理员加耶·德·桑萨勒（Gayet de Sansale）也曾于 1784 年在法语 24390 号手抄本（14 世纪上半叶初期）上留下了一句形容《玫瑰传奇》的注释：“奥维德《爱的艺术》极不完美的抄本”（见该手抄本第 1 页反面）。

图 71、130《玫瑰传奇》的续写者让·德·默恩离开了典雅爱情这美妙的范畴，将纪尧姆·德·洛里斯的叙事锚定在现实中。与昔日奥维德所描述的一样，“友人”与“老妇”是两位世俗爱情的“幕僚”（éminence grise），他们一个针对男人，一个针对女人。他们给出的建议揭示了爱情的攻城略地在何种程度上依靠物质的细节、恰到好处的礼物与占据制高点的姿态。

“友人”成为了“嫉妒者”（Jaloux）的代言人，后者代表了一个因妻子越轨行为而妒火中烧的丈夫，他发表了许多臭名远扬的厌女言论（第9140行、9159—9160行）：

Toutes se font hurtebillier	每个女人都被压*[1]
Toutes estes, serez ou fustes	每个女人，现在、未来或过去，
De fait ou de voulenté, pustes !	无论是出于现实或意愿，都是妓女！

“嫉妒者”的形象十分可鄙，然而作为被玩弄的丈夫却十分具有喜剧效果。他夸夸其谈，自怨自艾，将婚姻辱骂为一种使家庭变成地狱的“坏关系”（mals lien，第8837行）。“老妇”，这个十分容易被贿赂的、看守“温存”名誉的人，则提高嗓门回应了这一过激却司空见惯的男性言论。她颂扬女性的善变为天性，并对其大加赞赏（第13883—13892行）：

Car Nature n’est pas si sote	因为“自然”并没有那么愚蠢，
Qu’ele fasse naistre Marote	不会只为了罗比雄而
Tout seulement pour Robichon	创造玛洛特
[...]	……
Ne Robichon pour Mariete	创造罗比雄也不只是为了玛洛特，
Ne pour Agnes ne pour Perrete.	更不只是为了阿涅丝或是佩雷特。
Ainz nous a faiz, biau filz, n’en doutez,	自然是这样创造我们的，亲爱
Toutes pour touz et touz pour toutes,	的孩子，别怀疑：
Chascune pour chascun commune	所有女人为所有男人而生，而

* hurtebillier一词意为“用尖端击打”，阿尔芒·施特鲁贝尔（《玫瑰传奇》的现代校勘者）将其翻译为sauter。

Et chascun commun pour chascune...

所有男人也为所有女人而生，
每个女人可以和任何男人在一起，
而每个男人也可以和任何女人
在一起……

纪尧姆·德·洛里斯笔下富有魅力的举止好像也变了。在《玫瑰传奇》的第二部分，充斥着的是怀疑与自制。

支持或反对女性，支持或反对婚姻[2]

《玫瑰传奇》旁征博引，得益于此，它也成为许多其他作家写作的主题库。让·德·默恩逐字逐句地借用了“神父”安德烈《论爱情》中对爱的定义，借由“理智”之口说出爱是一种“思想疾病”*。“老妇”对固定亲密关系的贬斥（第13883—13892行，见上文引用）可以在让·德·默恩的同时代人（约1290年）、某个名为马泰奥卢斯（Matheolus）的作者撰写的《哀叹书》（*Liber lamentationum*）中找到形式特别相近的段落（尽管这的确是两个作者写的）。另一个文本之间相互渗透的例子是《婚姻的十五种快乐》（*Quinze Joies du mariage*），这本写于15世纪初期的生动小册子完全从男性的角度来看待婚姻问题。这部作品并没有署名，其作者也许是教士，他通过戏仿《圣母的十五种快乐》（*Quinze Joies de Notre-Dame*）——一部歌颂圣母功德圆满的虔诚宗教著作，来为自己的作品命名。与其他反婚文本相比，《婚姻的十五种快乐》的出色之处在于其写实又源于日常生活的场景描写。人们常常

* 见本书第52页，引用第4374—4380行。

强调它与《玫瑰传奇》的相似之处，尤其会用“捕鱼篓”（nasse）来暗喻婚姻状态，这个暗喻源自“老妇”的言论，同时也贯穿了《快乐》全文。下文的例子便是“第十二个快乐”的开头与结尾，它描述了一个屈服于妻子的丈夫的痛苦与耻辱：

> 一位丈夫，在年轻时如此来回地寻着，以至于找到了捕鱼篓的入口，婚姻的第十二种喜乐便降临到他的身上。他钻入内里，并觅到一位心仪的妻子。在某些情况下，也许与另一个女人相识会更有益于他，然而无论用这世上的什么来交换，他都不会同意。他认为自己福至运来，已是这世上最幸运之人。
>
> ……
>
> 现在，这个英勇之人已垂垂老矣，人们对他的欣赏也不再如前。……他被囚于捕鱼篓之中，为自己的过失哭泣，然而他再也无法从中逃脱。他会一直待在那里头，忍受痛苦，不断呻吟。……他的一辈子就这样过去了，他日复一日地衰亡，没完没了的悲伤压在他身上，最后，他在悲惨中结束了自己的一生。*

菲利普·德·梅齐埃（Philippe de Mézières）则正好相反。在《婚姻圣事的美德与已婚贵族女子的慰藉》（*Le Livre de la vertu du sacrement de mariage et réconfort des dames mariées*，1385—1389年）这部野心勃勃且充满浓厚宗教意味的作品中，他站在了基督教婚姻捍卫者的一方。和许多与他同时代的人一样，菲利普·德·梅齐埃承认自己对《玫瑰传奇》十分欣赏。当他重新唱起“嫉妒者”的诗句时，所有人都注意到， 图72

* 《婚姻的十五种快乐》，莫尼克·圣图奇（Monique Santucci）译介，巴黎，1983年，第111—114页。

他并没有步韵前人之诗，而是对一种被升华到智慧高度、在《传奇》中随处可见的普遍性厌女主义进行了反驳：

> “每个女人，现在、未来或过去……”
>
> 这种说法是错误的，因为他（“嫉妒者”）所说的是谎言。在过去、现在和未来都有许许多多步入婚姻的贵族女子，她们在过去、现在和未来都会维护她们婚姻的纯洁，而许多处女、寡妇与少女，都将纯洁而美丽地来到上帝面前。*

就算是在15世纪，毁誉参半的《玫瑰传奇》仍然以寓言小说的形式展现了爱情及其蕴含的欢乐、潜在的危险与痛苦。在1457年，勒内·德·安茹（René d’Anjou）在《被爱攫取的心》（*Le Livre du cuer d’amours espris*）一书中描绘了一个富有寓意的梦境，讲述了“心”

图81（Cuer）这个骑士以及他所爱的贵族女子“垂怜”（Mercy）的冒险故事：寻觅亲吻、美人被囚禁、来自“危险”的威胁以及遭遇一些“攻讦者”（mesdisans）……《玫瑰传奇》与《心》之间的联系可以说是十分明显了，只是在《心》一书中，可怜的骑士与他的美人分离，在收容悲惨爱人们的“医院”中度过了余生。

图73、74 差不多是在同一年代，马丁·勒弗朗（Martin Le Franc）为《玫瑰传奇》撰写了一篇寓言长诗，作为对《玫瑰传奇》有理有据的回应。他将这部《贵族女子的卫士》（*Le Champion des dames*）献给了当时最为显赫的领主——勃艮第公爵菲利普（duc Philippe de Bourgogne）。在这本书中，主角“高贵之愿”（Franc Vouloir）面对其敌人“恶口”派来的

---

* 法国国家图书馆，法语1175号手抄本，第103页，让·B·威廉姆森（Joan B. Williamson）校勘，华盛顿特区，1993年。

五个老练的手下，捍卫了女性的荣誉：

Car on n'en trouveroit pas ung	因为从来不会有人
Qui de bien aimer soit malade	会因好好去爱而患病，
Et qui ne ressemble Meun	也不会有人像让·克洛皮内尔[3]
Clopinel le ribault commun	这个流氓一样，
Qui voulut la rose pillier	想采撷玫瑰，
Et en amours ne print aulcuns	在爱情中，
Plaisir que de hurtebillier.	他无视其他所有的快乐，只想着交媾。

在与“恶口”手下的唇枪舌剑结束之时，一尊维纳斯的雕像活了过来。她宣布，贵族女子的卫士——“高贵之愿”——获胜并歼灭了蔑视女性荣誉的敌人。

从爱情之镜到被创造世界之镜

在19、20世纪，评论者经常认为《玫瑰传奇》的第二部分十分混乱且浮夸。的确，作者不打一声招呼，就离开了叙事发展的惯常路径，反而去展现渊博的知识。而歌颂理性爱情的“理智”的话语，则令让·德·默恩获得了开启文化宇宙大门的钥匙。“理智”赞扬友谊，在她眼中，这是爱意稳固的唯一形式，同时她援引了一位有关这一主题的大师：西塞罗。而当“爱慕者”对这个无法成为的榜样[4]提出抗议时，“理智”就像教训一个懒惰的学生一样教训了他（第5750—5752行）： 图70

Tu n'as pas bien pour moi mater　　要将我的军，
Cerchiez les livres anciens :　　你读的古书还不够多：
Tu n'es pas bons logiciens.　　你不是个好的逻辑学家。

就像这样，“理智”摆出了经院哲学导师的姿态，让·德·默恩则表现出了专业辩手的素质。

图 75 在下文，“自然”长长的忏悔是一个脍炙人口的文学片段。它描述
图 77 了至高无上的上帝的意志下出现的一个同心圆构成的宇宙，它被环形的
运动驱动着，由天空、星辰、七个行星与地月系统[5]组成。在这个合并
了《创世记》与亚里士多德的宇宙观中，地球构成了一个运动着的系统
中心的固定点。“自然”作为宇宙的“贴身女仆”（chambrière）、“将军”
图 76 （connétable）和“副手”（vicaire），负责维持被创造世界的平衡。“自然”
多次对镜像、梦境，乃至在当时十分敏感的、涉及星辰决定论与人类自
由意志之间平衡的神学问题进行了十分博学的阐释。

“理智”与“自然”的例子十分具有代表性，它们揭示了让·德·默恩是如何凭借渊博的阐述来展开叙事的。他自称写的是“爱恋者的镜子”（miroer aus amoureus，第 10655 行），但实际上呈现的是“世界的镜子”。这是一部世俗的百科大全，超越了爱情行为问题的范畴，却没有将其掩盖。让·德·默恩给了他的读者一份可以随学随用的知识锦囊，同时，这也是对“在这个被创造的世界中，爱情承担了什么职能？”这一问题的有理有据的回应。

让·德·默恩的“最终判决”

“自然”与“造化”这对组合对《玫瑰传奇》的情节展开十分重要。“造化”听取“自然”的忏悔，正是他以生命力量的名义使玫瑰的凋谢变得顺理成章。“自然”话语中的郑重与“造化”话语中的猥亵互相对应，他们具有共同的目的：以经院哲学辩论的名义，给出《玫瑰传奇》的终极教谕——学士让·德·默恩的“最终判决”（第19508—19509行）：

Par itels paroles commence	从这些词句开始了
La diffinitive sentence.	最终的判决。

“造化”，是一个源自古罗马时代宗教的概念，被定义为连接了大世界（macrocosme）与小世界（microcosme）[6]的非物质存在。在让·德·默恩之前，有两个学者曾经在野心勃勃的诗体宇宙志（cosmographie）[7]中探讨过“造化”的角色：贝尔纳·西尔韦斯特（Bernard Silvestre）在《宇宙志》（*Cosmographia*，1148年以前）中对此有所提及，阿兰·德·利勒则在《自然哀歌》（*De Planctu Naturae*，1171年以前）中有所描述。这两位作者都与名为“沙特尔学派”（école de Chartres）的流派有关。早在亚里士多德的《物理学》（*Physique*）于13世纪被重新发现之前，这个学派就对自然法则产生了兴趣。在阿兰·德·利勒笔下，“造化”诅咒所有违背自然秩序、在罪恶中沉沦的人，尤其是通奸者与男同性恋者。在《玫瑰传奇》中，“造化”聆听“自然”对人类的指责，接受了她的忏悔，并宽恕了她。然而《玫瑰传奇》并非一本宇宙志。它是一部建立在可被观察行为基础上的文学作品。在书中，“自然”并没有进行道德说教。她的角色是生命的工匠，永远

与死亡的力量进行着斗争。她反感人类的一些行为（自杀、阉割），并敦促“造化”找到“爱神”，以鼓励那些这样的人（第 19389—19391 行）：

[...] forment a ce s'estudient	……特别努力
Que leur lignage mouteplient	让世代繁衍
Et qui pensent de bien amer...	并想认真去爱……

图 75 而“造化”则站到讲道台之上，为“爱情”的封臣们布道。他谴责那些不会产生后代的行为，比如男同性恋和守贞，并大量借助耕作的暗喻鼓励将爱情付诸实践（第 19700—19703 行）：

Remuez vous, tripez, sailliez,	你们要动起来，摇摆起来，跳起来，
Ne vous laissiez pas refredir	别让自己凉下来，
Par trop voz menbres entedir !	别让肢体变得迟钝！

让·德·默恩愉快地思索着守贞对人类种群延续的后果。他所提出的问题中规中矩，然而结论却十分放肆大胆。让·德·默恩巧妙地避开了典雅爱情所特有的冲突[8]，否定了现行的婚姻伦理，以繁殖的名义为放纵的性行为正名。他推崇快乐，并为其赋予了一层神圣的含义：为了延续“创造者”的作品。“理智”、“友人”和“老妇”接连发言，为最后的判决做好了铺垫：“理智”推崇冷静客观的思考，让人不再害怕使用哪怕最为轻浮的词汇[9]；“友人”的话语令可怜的丈夫们一解话痨瘾；“老妇”的话语则鼓励了道德风气的解放。最后，“自然”的哀叹与“造化”的布道为论证戴上了冠冕。让·德·默恩的“最终判决”十分具有颠覆性，既因为它论证的形式类似中世纪大学的“辩论”

(disputatio)[10]，也因为神父“造化”保证，所有遵从他指挥的人都会获得永恒的救赎。

女人与婚姻：支持或反对

70

70　先在纪尧姆·德·洛里斯笔下，继而又在让·德·默恩的笔下，“理智”两度试图让“爱慕者”远离爱的激情。在前一位作者笔下，“理智”对“爱慕者”说（第3058—3059行）：

是你那悸动不安的心，
让你陷入了此等疯狂。

（Le cuer, que tu as trop volage, / Te fait entrer en cest folage.）

而几百行之后，在让·德·默恩的笔下，“理智”又一次谴责了爱的“疯狂”。

《玫瑰传奇》，法国国家图书馆，法语19153号手抄本，第22页反面（安茹，约1460年）

71（见第88页图）《玫瑰传奇》的两个作者，纪尧姆·德·洛里斯和让·德·默恩在一扇敞开的大门两侧对望。画家似乎希望展现出这首典雅诗歌是由一位博学的教士所续的，同时也表现出这部作品被一分为二的独特特征。

《玫瑰传奇》，法国国家图书馆，法语24392号手抄本，第33页（巴黎，15世纪下半叶初期）

72

72　在《玫瑰传奇》中，让·德·默恩并没有列举所有可能发生的爱情场景。他漏掉了一个：幸福的婚姻。在大约1385—1389年间，菲利普·德·梅齐埃写就了一部野心勃勃的作品，试图为基督教婚姻辩护，同时也为伴侣之间可能发生的痛苦提供了解药。在这幅图画中，我们可以看到一对跪着的夫妇，一位神父正在祝福他们的结合。字母"YHS"（意为耶稣）占据了画面，与旁边"好人耶稣以婚姻之圣事为这两位伴侣同时祝圣"（Bon Jhesu sainctefie ces deux conjoins ensamble par sacrement de mariage）的题词一同提醒着读者，婚姻首先是一件圣事，而人间之爱是神之爱的一种延伸。

菲利普·德·梅齐埃，《婚姻圣事的美德与已婚贵族女子的慰藉》，法国国家图书馆，法语1175号手抄本，第1页（巴黎，14世纪下半叶末期）

Le Chastel damours
Faulx sablant
Malebouche

73 马丁·勒弗朗在《贵族女子的卫士》一书中反驳了《玫瑰传奇》中的厌女观点。“高贵之愿”是作者的代言人，他带头为贵族女子们保卫被“道貌岸然”与“恶口”围攻的爱情堡垒。马丁·勒弗朗修改了《玫瑰传奇》中的角色：在《卫士》中，“理智”与“爱情”和女性并肩作战，而“恶口”则是主要的进攻者。

马丁·勒弗朗，《贵族女子的卫士》，法国国家图书馆，法语 12476 号手抄本，第 3 页反面（阿拉斯，1451 年）

74 《贵族女子的卫士》主要表现的是“高贵之愿”和五个与爱情和女性为敌的辩论者——“武断”（Brief Conseil）、“恶意”（Vilain Penser）、“轻信”（Trop Cuidier）、“迟钝”（Lourt Entendement）和“道貌岸然”——之间的唇枪舌剑。图中，“高贵之愿”像导师一样坐在讲道台上，公开对让·德·默恩进行挑战，并有理有据地以诸多历史上或神话中的贞洁女性为例进行辩护。

马丁·勒弗朗，《贵族女子的卫士》，法国国家图书馆，阿瑟纳尔图书馆，馆藏 FOL-BL-786 号，第 8 页反面（m 册）。

Et que celle mouroit en leure
Mouroit: mais pource ne demeure
Quelque chose que bouche die
Que le faulx cuer plus noir q̃ meure
La vie en secret ne desdie.

Contre maistre iehan de meun qui les amoureux enseigne: et incidentement de son vilain langaige.

OR tout ce ay ie dit de bade
Car on ne trouueroit pas vng
Qui de bien aimer soit malade
Et qui ne ressemble meun
Clopinel le ribault commun
Qui voulut la rose pillier
Et en amours ne print aulcun
Plaisir: que de hurtebillier.

74

从爱情之镜到被创造世界之镜

75

75 在《玫瑰传奇》中，“自然”长长的忏悔有两个作用：首先，它使得让·德·默恩能够提炼出那个时代百科全书式知识的精华，同时，它还决定了叙事的整个结局。事实上，是“自然”令聆听她忏悔的“造化”与“爱神”站在同一战线的。图中，“造化”站在讲道台上，面对封臣们进行着布道。在他身后，“自然”拿着一只象征情欲的兔子，她的意图十分明显。

《玫瑰传奇》，法国国家图书馆，法语1565号手抄本，第127页（巴黎，1352年）

76

76 在让·德·默恩笔下，“自然”是宇宙的“贴身女仆”、“将军”和“副手”。《爱情象棋之书》（*Livre des échecs amoureux*）是埃夫拉尔·德·孔蒂（Évrard de Conty）对《玫瑰传奇》的改写。在其中，作者也将“副官”（lieutenant）和“副手”等类似的职位赋予了“自然”。图中，“自然”身处天与地的交接处，手持圆规[11]：她负责保持被创造的世界的平衡。

埃夫拉尔·德·孔蒂，《爱情象棋之书》，法国国家图书馆，法语143号手抄本，第12页反面（科尼亚克［Cognac］，约1496—1498年）

77

77 “自然”所阐述的宇宙起源的假说十分符合13世纪的天文学知识。这一部戈苏安·德·梅斯（Gossuin de Metz）的《世界图像》（*L’Image du monde*）抄本所表现的宇宙一如让·德·默恩所描述的宇宙：地球在一个同心圆系统的中心，在这个系统中，存在着四种元素——月亮、太阳、行星、天穹与水晶天层[12]。天使、圣母与一切事物的创造者上帝则居于其上。

戈苏安·德·梅斯，《世界图像》，圣热纳维耶芙（Sainte-Geneviève）图书馆，手抄本2200号，第115页反面（法国北部，约1270年）

Quant dyane se fut
partie de lacte dess
dit et elle lot repre

de sa follye sicde il faint en
son livre il lessa la forest
ou dyane converse z trait

《玫瑰传奇》的接受

纳塔莉·科耶

中世纪可没有知识产权一说。思想渊博的作品之间相互援引、交织。中世纪文人引经据典（auctores，即引用那些被公认为科学和道德权威的作者）是常态，且他们与这些知名作者有着极其亲密的联系，所以部分引用或是简单的暗示在他们看来就足够了。让·德·默恩在运用这种出自大学的写作方法时显得有些肆无忌惮：他在叙述中植入了不少于八十处的引用。让·德·默恩了解古典时期的作家（如奥维德、西塞罗、柏拉图、亚里士多德、提图斯·李维），熟知古典时代末期和中世纪初期的哲学家（如波爱修斯、马克罗比乌斯［Macrobe］），以及新近的哲学家（如阿兰·德·利勒），他的肚子里装满了以闻名遐迩的恋人或是爱情受难者为主人公的富有教育意义的故事。他渊博的学识与文学素材相结合，使《玫瑰传奇》成为一部备受赞赏的“精妙”（subtil）之作。要考察《玫瑰传奇》在后世的接受情况，我们需要阅读以下两种类型的史料：读者留下的阅读痕迹以及后世作者的引用。

《玫瑰传奇》的读者

西尔维娅·于奥（Sylvia Huot）的研究[*]表明，《玫瑰传奇》的读者

* 《玫瑰传奇及其中世纪的读者们》（*The Romance of the Rose and its medieval readers*），剑桥大学出版社，1993 年。

34 埃夫拉尔·德·孔蒂的“自然”的花园（见第 120 页图注）

在手抄本边缘留下的旁注能够反映出他们的视角是有选择性的。法语1560号手抄本（约1320年）的旁注并不算多，但内容极为广博丰富，而且用的是学者的语言，也就是拉丁语。这部手抄本也做了标题目录，这是罕见的查找文本内容的工具，这表明这位读者用了颇为系统的方法鉴赏这部作品。阿瑟纳尔图书馆3337号手抄本（1390年抄写于卢瓦尔河畔的叙利城堡［Sully-sur-Loire］）的主要注释者则把注意力集中在文本中最能够与奥维德作品进行直接比较的部分，从《爱的艺术》一视角对《玫瑰传奇》进行比读。法语24390号手抄本的开篇词（incipit）形容《玫瑰传奇》"精妙而欢快"（soutif et gay）且"极其优美"（grant biauté），从一开始就呈现出它承袭抒情典雅文学欢乐、趣味之基调的视角。三份手抄本即三种文化背景：大学研究、世俗文化、典雅爱情的世界。

在我们看来，似乎很少有中世纪读者会把《玫瑰传奇》当成一个整体。很多人把它当成一部警句集，恰当或不恰当地用于佐证自己的逻辑。大约在1393年，《巴黎家主》（*Le Mesnagier de Paris*）的作者就从中吸取了灵感，但他对卢克莱西亚部分的引用十分支离破碎。《家主》是一位不知姓名的巴黎市民写给他年轻妻子的手册。作者将婚姻定义为走向幸福的结合，一下子就向妻子展现了他的温情和信任。这部作品的知名之处还在于作者收集了许多道德训诫，以及一些打理家政的建议（其中包括不少菜谱）。受过良好教育的作者援引了大量宗教和古典权威来佐证他提出的明智建议，尤其是他引用了《玫瑰传奇》中的两行诗句来总结卢克莱西亚遭强奸而自杀后的富有教化意义的故事：

图82

À ce sujet, le Roman de la rose dit :	就此，《玫瑰传奇》有云：
Après ce trouble jamais plus les Romains	因为这次教训，罗马人再也不想

Ne voulurent établir de roi à Rome.* 在罗马设立国王。

令人感到疑惑的是，这位年老的新婚丈夫可能是想借此让妻子自己去读读《玫瑰传奇》，更何况，这一段摘录出自嫉妒的丈夫叱骂婚姻的部分，而且原文接下去还会尖锐地指出，在卢克莱西亚之后，人世间再也没有那么富有德行的女性了……故事就这样被淹没在《巴黎家主》的汪洋中，抽去了语境，截掉了结论，因而完全丧失了原有的论辩特性。但它确实反映出引用《玫瑰传奇》是多么能为可信度打包票。

这样的例子也许看上去如同轶事，但皮埃尔 – 伊夫 · 巴代尔（Pierre-Yves Badel）早已在一部巨著[1]中揭示了《玫瑰传奇》滋润了无数 14 世纪文学作品这一事实。“没有其他任何法语作品能像《玫瑰传奇》一样被如此多的作品明确提及”，他写道。此外，直至中世纪尾声，《玫瑰传奇》的影响力也依然强劲。如果我们排除掉一些纪尧姆 · 德 · 洛里斯和让 · 德 · 默恩都曾吸取的文学上约定俗成的意象——适合爱情的季节“回春”（即春天）、“爱神”的宫廷、命运的逆转（即厄运）、教士与骑士之间的权势之争等——会发现仍然有为数众多的作者从《玫瑰传奇》中吸取了灵感 。《玫瑰传奇》是 14 世纪博学诗人（马肖［Machaut］、弗鲁瓦萨尔［Froissart］、德尚［Deschamps］）的典范， 图 78
是爱情教育故事（托马 · 德 · 萨吕斯［Thomas de Saluces］的《流浪骑 图 80
士》［*Le Chevalier errant*］，约 1394 年；勒内 · 德 · 安茹的《被爱攫取 图 81
的心》，1457 年）的参考书。它启发了最纯粹的有关道德教谕传统的写 图 79
作（纪尧姆 · 德 · 迪居勒维尔［Guillaume de Digulleville］的《人生的朝圣》［*Le Pèlerinage de vie humaine*］，约 1330 年），同时也托举出女性

* 《巴黎家主》，G. E. 布勒雷顿（G. E. Brereton）与 J. M. 费里埃（J. M. Ferrier）编，巴黎，1994 年，第 151 页。这里具体涉及施特鲁贝尔版《玫瑰传奇》第 8653—8654 行。

图 73、74、94、95 荣誉的辩护者（克里斯蒂娜·德·皮桑、马丁·勒弗朗）。《玫瑰传奇》
甚至受到过两次道德化改写，也就是说，有两部评注式的作品试图超越
纪尧姆·德·洛里斯和让·德·默恩所表现出的探寻情色梦境奥秘的
图 83、84、86 意图。这两部作品是埃夫拉尔·德·孔蒂的《爱情象棋之书》（约 1400
图 85 年），继而是让·莫利内（Jean Molinet）改写的《玫瑰传奇》（约 1500
年）。这两部作品虽然相隔一个世纪之久，但都为《玫瑰传奇》做出了自己的解释——前者将爱情征服战的各个阶段移植到棋盘寓言上，棋局的赌注是年轻女子的芳心；后者则赋予全文以宗教意义，就连那些最不堪的诗句也不例外。

但丁和乔叟

《玫瑰传奇》的回响甚至在法语圈外也能被听到，这尤其要归功于两位伟大的欧洲诗人：但丁和乔叟。虽然无法确证，但当今的文学批评家倾向于认为但丁（1265—1321 年）和杜兰特（Durante）是同一个人，而杜兰特是《玫瑰传奇》的第一个托斯卡纳语译本《花》（*Fiore*）的作者。这个假设很耐人寻味，因为杜兰特正是但丁的教名，而且但丁还留下了一首十四行诗，其中充满了和《花》有关的强烈暗示。再者，但丁和让·德·默恩之间的相似处也很早就有人提出来，只是太过于牵强附会了。早在 15 世纪初，翻译过薄伽丘作品的洛朗·德·普勒米耶费（Laurent de Premierfait）曾在那个时代断言，《神曲》直接受到了让·德·默恩诗句的启发。

至于杰弗里·乔叟（1343—1400 年），他是《玫瑰传奇》的英译者。其最著名的作品《坎特伯雷故事》是受薄伽丘《十日谈》启发而写的故事集，讲故事的是一群前往坎特伯雷路上的欢快朝圣者。文中巴斯城的

寡妇与《玫瑰传奇》中的“老妇”（即她被公认的原型）有着相同的生活趣味，但多少遵循着社会的习俗：她连续榨干了五任丈夫。

让·德·默恩：一位传奇作家

《玫瑰传奇》很快成为教士学者和世俗文人的文化经典。让·德·默恩孜孜不倦地引经据典，自己也终于跻身**权威**（auctoritas）的行列。让在中世纪几乎成了一位具有传奇色彩的人物。一些与宇宙学还有炼金术有关的诗句原本是与其他数量众多的各类知识一起被插入《传奇》中去的，却使他被某些后人奉为公认的天文学家或是真正的炼金术士。还有一些中世纪作家认为，他笔下“道貌岸然”的形象透露出他对托钵修会的憎恶之情，也正因如此，他不配被葬在城里体面的坟墓里。但让·德·默恩学士本人才是自己神话的缔造者。在他的笔下，“爱情”用近乎先知般的口吻宣布诗歌的两位作者正在交接。根据不同的手抄本，在介绍让·德·默恩时，“爱情”称他为肖皮内尔（Chopinel，指酒壶）或者克洛皮内尔（Clopinel，指跛子）（第 10569 行）： 图 28、97、98

Puis vendra Jehans Chopinel	来续写的是让·肖皮内尔，
Au cuer jolif, au cors isnel,	他内心愉悦，身体敏捷，
Qui naistra sur Laire a Meun...	生于卢瓦尔河畔默恩镇……

不论是让·肖皮内尔还是让·克洛皮内尔，两个名字都从侧面描绘出一个迥异于《玫瑰传奇》之前作者的形象。不论是把他当作玩世不恭

的格利亚诗人（goliard）*还是魅力平平的诗歌作者，他的姓将“纪尧姆”这个名字所暗示的骑士世界拖向滑稽和琐碎。如今我们认为，并没有确凿的证据证明历史上真有一位名叫纪尧姆·德·洛里斯的人，而且纪尧姆（Guillaume）既是贵族的名字、文学的名字，又具有双重含义（在古法语中，guille 的意思是“受骗者”）。这样说来，把让·德·默恩对宫廷传统的嘲讽当作文学中令人称奇的骗局来分析，也就没什么令人惊奇的了。纪尧姆·德·洛里斯可能*并不存在*。这一观点始终困扰着文学批评家们。

78 在 14 世纪作者的眼中，《玫瑰传奇》是学术诗歌的完美典范。纪尧姆·德·马肖（Guillaume de Machaut）写过一部题为《果园故事》（*Dit du verger*）的叙事诗，就是以纪尧姆·德·洛里斯那部分《玫瑰传奇》为蓝本的。因为单相思而备受折磨的叙述者在某个春日走入奇幻的果园（《果园故事》，胡普夫纳［Hoepfner］1908 年版，第 59—66 行）：

它（这棵树）所处的位置，
洋溢着喜悦的气息，
景色赏心悦目，
如此高贵，也如此令人动情，
我神闲气定，
恣意欣赏；
除了人间天堂，
还有什么可以形容这里？

（Et tant estoit de joie pleins / Li lieus dont il estoit enseins / Et a vëoir si gracieus, / Si nobles et si amoureus, / Car quant je l'os par bon loisir / Resgardé tout à mon desir, / Je ne say ce que ce pooit estre / Fors que le paradis terrestre.）

“爱神”高高在上，手擎一支箭和一支火炬，栖身于果园的一棵大树上。六位少女（“慈悲”［Grâce］、“怜悯”、“希望”［Espérance］、“回忆”［Souvenir］、“高贵”、“节制”［Attemprance］）和六位贵族青年（“意志”［Voloir］、“思想”［Penser］、“欢愉”［Dous Plaisir］、“忠诚”［Loiauté］、“隐瞒”［Celer］、“欲望”［Désir］）欢快地簇拥在“爱神”周围。与《玫瑰传奇》不同的是，这部诗作没有那么一波三折，“爱神”在大树上下令，让这十二位追随者向他们拟人化的敌人（“危险”“羞耻”“恐惧”等等）发起进攻。

纪尧姆·德·马肖，《果园故事》，法国国家图书馆，法语 1587 号手抄本，第 48 页（巴黎，15 世纪上半叶末期）

* 在 13 世纪，格利亚诗人是一帮道德败坏的教士。“格利亚”诗歌是一种夺人眼球的创作风格，以尖酸刻薄的讽刺著称。

78

...ment le dieu damours est assis sur .j. arbre . & ne voit goute & tient en sa mai...
...art & en lautre .j. brandon de feu . & .vj. demoisell. & .vj. escuiers qui dancent
autour de dessoubz un arbre

...ment le dit du vergier

Quant la doulx saison
Repaire Deste qui
maint amant esclaire
Apres & bois sont en verdure
Et cilz oisellons par mesure
Chantent & par envoiseure
...a ca lechiere de sa nature
Pour la doulceur du temps seri
...u doulz moys davril le ioli
...e levay par un matinet
...e entray en un iardinet
...u il avoit arbres plusours
...leuri de diverses couleurs
...t trouvay une sentelete
...laine de rousee & derbete
...ar ou ialai sans atargier

Tant qua lentree du vergier
Me fist aventure aporter
Sentray ens pour moy deporter
Plain damoureuse maladie.
Et pour oir la melodie
Des oisellons qui ens estoient
Qui si tres doucement chantoient
Que bouche ne le pourroit dire
Nonques homs vivant nout tant dire
Quil peust leur chanter
Qui ne sen deust resiouir
En son cuer & que sans seiour
Nentroublast toute doulour
Tant avoit en eulx de delis
Et dessus une fleur de lis
Estoit li doulz roussignolet
Qui renvoisement chantoit

79 《人生的朝圣》用拟人和教谕的方式讲述了基督徒的一生。其作者是西多会修道士纪尧姆·德·迪居勒维尔，他援引了“美丽的《玫瑰传奇》”作为其幻想的催化剂。事实上，叙述者讲述了沉睡中的自己是如何在一面镜子里看到了新耶路撒冷的投影，随后决定踏上朝圣之路的。这里我们看到：作者坐在工作台前；沉睡者和显示着他幻象的镜子；朝圣者站在新耶路撒冷的入口，一位武装着的天使把守于此；天国之城[2]，人们只有靠着某位圣徒（圣奥古斯丁、圣本笃或者圣方济各）相助才能翻越它的高墙。

纪尧姆·德·迪居勒维尔，《人生的朝圣》，法国国家图书馆，法语 823 号手抄本，第 1 页（巴黎，1393 年）

80（见前页，跨页图）《流浪骑士》的主人公在五月一个美丽的清晨出门打猎，撞见了“知识”（Connaissance），后者鼓励他去探索世界。以这次初见为引子，作者开始叙述这位年轻男性的受教育历程。与《玫瑰传奇》中的“爱慕者”不同的是，这位骑士在相继光顾了“爱情”和“命运”的宫殿后，回到了“知识”的怀抱，选择了智慧之路。

托马·德·萨吕斯，《流浪骑士》，法国国家图书馆，法语 12559 号手抄本，第 1 页反面（巴黎，约 1403 年）

81（见第 118—119 页图）《被爱攫取的心》综合了亚瑟王文学和《玫瑰传奇》所属的寓言诗，将追寻所爱与追寻圣杯合二为一。勒内·德·安茹的《被爱攫取的心》中的骑士之“心”（Cœur）与《玫瑰传奇》中的“爱慕者”一样，偶遇一口“危险”的泉水：“命运”之泉。“心”在醒来时发现，他和他的伙伴“欲望”在前一天晚上饮用了泉中之水，却没有看到大理石上刻着的警告。黑色的泉水代表着骑士解救美人所需要闯过的一关：“笔直向前，在这块 / 炭黑的大理石板下 / 涌动着‘命运’之泉 /……有谁饮了这泉水，/ 必将受到大痛苦……”(Droit cy devant soubz ce perron / De marbre noir comme charbon / Sourt la fontaine de Fortune / ... Et qui bura a la fontaine, / Il en souffrera puis grant paine...)

勒内·德·安茹，《被爱攫取的心》，法国国家图书馆，法语 24399 号手抄本，第 15 页（普罗旺斯，约 1480—1485 年）

482 · 7210

Cy commence le livre du pelerinage de vie humaine de ihesucrist et de lame

A ceuls de ceste region
Qui nont point
de mansion
Ains y sont tous
ce dit saint pol. Riches
povres sages ou fol
Soient roys ou soient roynes
Ou pelerins ou pelerines
Une vision vueil noncier
Qui en dormant mavint lautrier

Une nuit avoie leu
Considere et bien veu
Le tres bel rommans de la rose
Je croy bien que ce fu la chose
Qui plus me mut a ce songier
Que cy apres vous vueil noncier
Or viegnent pres et si sarroutent
Toutes gens et bien y escoutent
Ne soit nul ne si ne soit nulle
Qui arriere point en reculle

82

82 一对夫妇在市民家庭中平起平坐讨论得正欢。他们代表了《巴黎家主》的无名氏作者与他年轻的妻子。作者在文中插入了一段有关“嫉妒者”谩骂的摘要，这也表明他对《玫瑰传奇》已烂熟于心。不过，“嫉妒者”对妻子的暴力言行却很难与《巴黎家主》的主旨，即夫妇间的相互信任并存。可见《玫瑰传奇》已经变得如此具有权威性，它在这里更像是一个脱离了原语境的引文的“储备库”。

《巴黎家主》，法国国家图书馆，法语 12477 号手抄本，第 1 页（法国北部，1450—1467 年）

83 《爱情象棋之书》是对《玫瑰传奇》的说教性评注。《爱情象棋之书》的叙述者即做梦者受到“自然”的怂恿，去探索世界和世界之美，继而从中获取教益，躲避万恶之母——“闲散”。

埃夫拉尔·德·孔蒂，《爱情象棋之书》，法国国家图书馆，法语 143 号手抄本，第 9 页（科尼亚克，约 1496—1498 年）

84（见第 106 页图）《爱情象棋之书》和《玫瑰传奇》一样，都把进入一座果园比作一种人生选择。在埃夫拉尔·德·孔蒂笔下，“自然”花园（被置于插图前景）的高墙围着三座花园，分别代表了人生的三种选择。一座是帕拉斯（密涅瓦）之园，由“宗教”（在最远处）守护着，代表了沉思的生活；另一座是朱诺（Junon）之园，守卫者是（位于左边的）“财富”，代表了积极的生活，也是作者推荐给所有理智之人的。最后，还有代表享乐生活的“悦乐”之园，“闲散”充当门卫，她在此一丝不挂，正打量着镜中的自己。《爱情象棋之书》的叙述者则选择向享乐的花园走去。“世上所有年轻人都会这样做的”，埃夫拉尔·德·孔蒂不无揶揄地评论道。

埃夫拉尔·德·孔蒂，《爱情象棋之书》，法国国家图书馆，法语 143 号手抄本，第 198 页反面（科尼亚克，约 1496—1498 年）

83

85

85　1500年左右，让·莫利内对《玫瑰传奇》进行了改写，将其变成了散文，并且将宗教意味加诸其上。为玫瑰开苞的情节被简化为无邪的采摘行为，被拿来与亚利马太的约瑟（Joseph d’Arimathie）埋葬耶稣肉身进行比较。“造化”的淫言秽语也因此成了“救赎”（Rédemption）的一部分，而对《玫瑰传奇》的错误解读则要归咎于好色的读者！

让·莫利内，《玫瑰传奇》，法国国家图书馆，珍本馆藏第167号，第150页反面

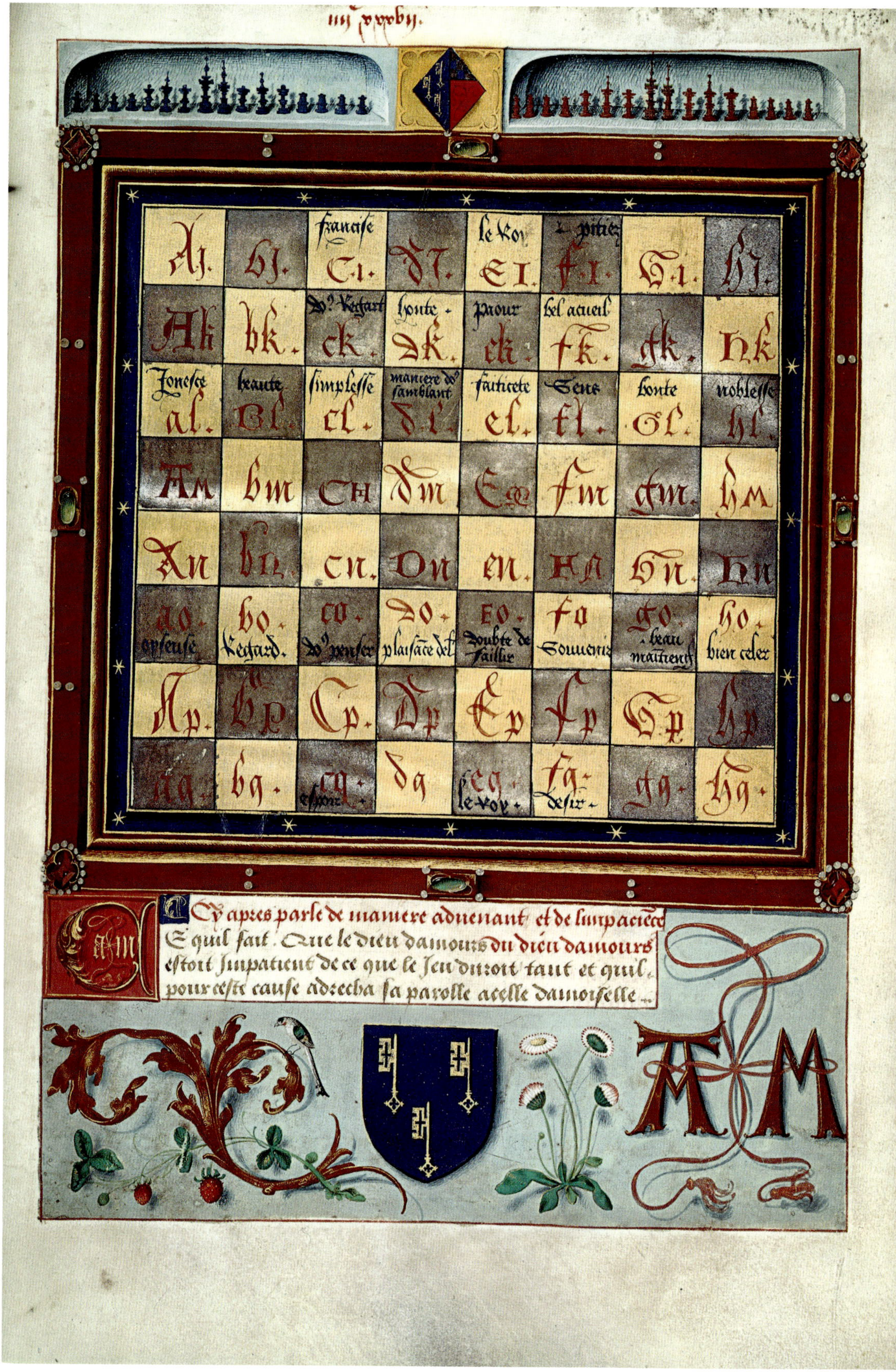
Cy apres parle de maniere aduenant et de limpacience
e quil fait. Que le dieu damours du dieu damours
estoit Jnpatient de ce que le Jeu duroit tant et quil
pour ceste cause adrecha sa parolle a celle damoiselle

棋盘上的《玫瑰传奇》

威尔弗里德·福凯

这幅谜一般的装饰画出自《爱情象棋之书》这部宏大的百科全书，此书大约有四百五十页[1]，于1400年左右由查理五世（Charles V）的宫廷御医埃夫拉尔·德·孔蒂所著，插图则是由画师安托万·罗兰（Antoine Rolin）于1493年左右绘制而成。《爱情象棋之书》的结尾处大约用七页的篇幅讲述了一位少女和她的爱慕者[2]所下的一盘棋。《爱情象棋》的男主人公步了《玫瑰传奇》中的爱慕者的后尘。“闲散”将他带进“悦乐”之园，“典雅”向他介绍了受邀参加宴会的诸位：“青春”、“欢愉”、“爱神”和“柔视”。随后，他脱离大队人马，独自去探访花园。与纪尧姆·德·洛里斯笔下的主人公一样，他也凑过脸去看那喀索斯之泉。但泉水中显现的，不是我们熟知的水晶和继而出现的玫瑰，而是一位年轻又迷人姑娘在果园的一角与“悦乐”下着象棋。他上前观看残

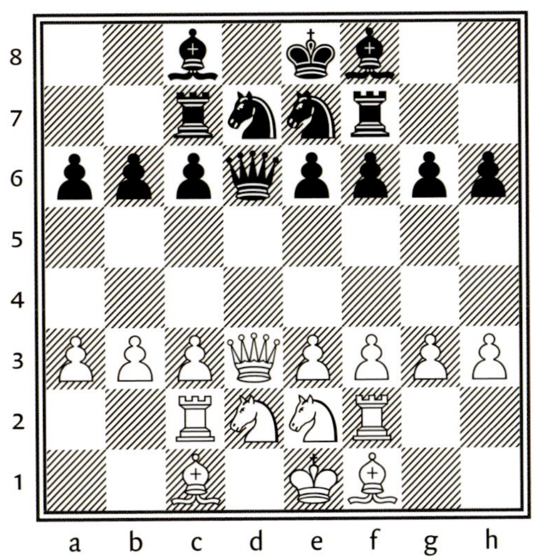

谱 1

86 埃夫拉尔·德·孔蒂的寓意棋盘

埃夫拉尔·德·孔蒂，《爱情象棋之书》，法国国家图书馆，法语9197号手抄本，第437页（埃诺［Hainaut］，1490—1495年）

局，而此时“爱神”邀他代替自己和少女下棋。插图展示的即这盘棋的一个片段。

实际上，作者设计棋局、安排各个棋子移动可谓煞费苦心，每一步都在暗中援引《玫瑰传奇》的内容。但作者对此并不言明，而是让读者自己去发现。棋局严格遵守了中世纪国际象棋的规则。每个棋子都以《玫瑰传奇》中的某种美德或某一人物为名。从上往下，从左至右，少女那边的棋子分别是“高贵”、“王”（le Roy）、“怜悯”、“柔视”、“羞耻”、“恐惧”、“温存”、“青春”、“美丽”、“单纯”、“礼节”与“温婉”（Doux Semblant，即《传奇》中的“亲切”）、优雅（Faiticeté）、常识（Sens）、善良（Bonté），高尚（Noblesse）。爱慕者这边的棋子则是“闲散”、“目光”（Regard）、“柔思”（Doux Penser）、“愉悦”（Plaisance）、“犯罪”（Délit）、“患失”（Doute de Faillir）、“回忆”、“善持”（Beau Maintien）、“善匿”（Bien Celer）。棋盘第二行缺了四个棋子，以至于黑白棋子的布置刚好形成镜面对称。是不是抄写者搞错了？“缺失的棋子”是“不屈”（Persévérance）、“勇敢”（Hardement）、“甜言”（Doux Parler）、“耐心”（Patience）。接下去是“希望”（Espoir）、“王”、“欲望”。在装饰画所展现的棋谱中，“王后”占了 DL 和 DO[*3] 两格，是从陪同她们的“兵”中

图 6 及谱 1

升变而来的。这两颗新晋的“王后”叫作菲耶日[4]（谱 1 复制了装饰画中棋子的位置）。

与《玫瑰传奇》相对应，棋盘象征着那喀索斯之泉，少女则是玫瑰。画师将为喷泉供水的两根水管置于页面上边缘处。少女的棋子用宝石雕琢而成，爱慕者用的则是金棋子。镶嵌在木框中的绿宝石是那喀索斯绿色的双眼。两颗反射出整个果园的夺目水晶则是美人的眼睛。与之为伴的还有她的“美丽”（BL）、“青春”（AL）、“柔视”（CK）、“温存”

* 大写标记对应原图，小写（见后页）对应现代棋谱（利用 Diagtransfer 制作）。

（FK）。对面的爱慕者则与他的“欲望”（FQ）、“勇气”（DP）和“甜言”（EP）在一起。

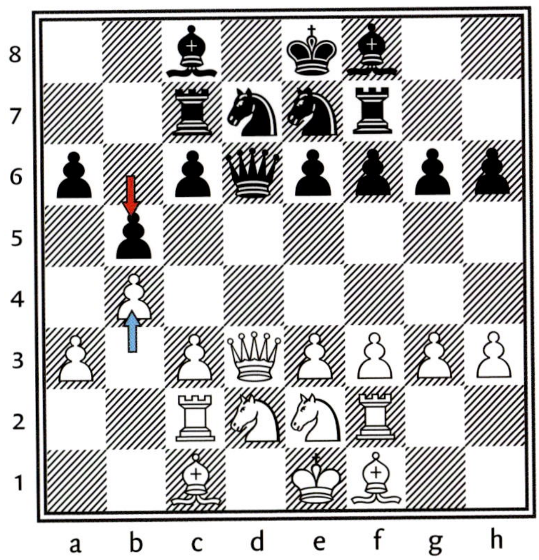

谱 2

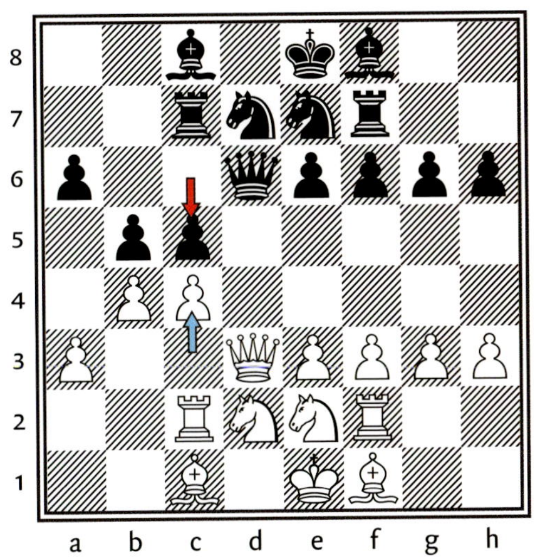

谱 3

按照纪尧姆·德·洛里斯《传奇》里所描绘的情节，主人公俯身于泉水之上，观赏玫瑰的花苞，然后被“爱神”之箭射中。在棋盘上，箭矢出现在负责携带弓与箭的“柔视”四周：“美丽”(BL)、“单纯”(CL)、“高贵”(CJ) 和“温婉”（DO）。就在爱慕者俯身于棋盘（喷泉）之上，
谱 2 陷入思考时，少女拉动了弓弦，即 b6-b5。爱慕者进兵（“目光”）作为回击，即 b3-b4。兵（“美丽”）与兵 b4 相接。与《玫瑰传奇》里一样，射中爱慕者眼睛的第一箭便是兵（“目光”）。

接着，少女走了 c6-c5，她将兵（“单纯”）前进一格，也就是在纪尧姆·德·洛里斯版《玫瑰传奇》中射入爱慕者眼里的第二支箭。后者
谱 3 则以 c3-c4 应对。

棋局就在这如镜一般的棋盘上进行着，与《玫瑰传奇》中如镜一般的泉水上的进展并无二致。面对他所爱的掌握着主动权的贵族女子，爱慕者行棋步调温和，埃夫拉尔·德·孔蒂也借此说明了典雅爱情的一个重要方面，即爱慕者服从于贵族女子。在典雅爱情的诗歌中，当贵族女子下赢了她的爱人时，也就通常意味着他得到了她的垂青。在这局棋里，少女在三十多步棋后用兵（“温婉”）将了爱人的军，而在《玫瑰传奇》中，“温婉”是第五支也是最后一支射中爱慕者的箭。

图 52 喷泉上边的石头上缘刻有铭文，说的是美丽的那喀索斯死于此地。安托万·罗兰在上方边缘位置绘制了他妻子玛丽·德·阿伊（Marie
图 86（细节图） d’Ailly）家族的纹章，似乎是在表明他想避免这位少年的命运。德·阿伊家族的纹章的底色为玫瑰色，而纹章主棋盘格子所呈现的正是爱慕者被将军时的棋盘格！毫无疑问，手抄本的主人无不以《玫瑰传奇》里的爱慕者自居。安托万于 1497 年左右，也就是成书差不多四年后去世，几个月后，玛丽也随他进了坟墓。

87 镶有宝石的腰带搭扣上典雅爱情式效忠的场景。

镀金银，低腰处的半透明珐琅，宝石，巴黎，约1334—1340年，国家中世纪博物馆-克吕尼博物馆，23852号藏品

86（细节图） 安托万·罗兰与玛丽·德·阿伊的纹章。

（见图86）

De leonce

Leonce comme
assez bien me
semble si fut
femme greke
et par auentu
re en la vertu
de son aage pour le temps dali
randre le grant roy de macedone.

《玫瑰传奇》之争："一场优雅而善意的辩论"？

玛丽 – 埃莱娜·泰尼埃

那场发生于 15 世纪初，被称为"《玫瑰传奇》之争"（Querelle du *Roman de la rose*）的论战并不仅仅是"一场优雅而善意的辩论"*，或一场两拨文人之间的文学游戏那么简单。在这场争论中，一方是颇具天赋的女诗人克里斯蒂娜·德·皮桑和巴黎大学的掌玺官[1]、久负盛名的道德家让·热尔松（Jean Gerson），另一边则是里尔的圣皮埃尔（Saint-Pierre de Lille）的教务长、国王的书记员兼秘书让·德·蒙特勒伊（Jean de Montreuil），巴黎和图尔奈的议事司铎皮埃尔·科尔（Pierre Col），以及他的兄弟——同时担任查理六世（Charles VI）书记员和秘书职位的贡捷·科尔（Gontier Col）。这场争论探究的是《玫瑰传奇》的第二部分，涉及文学规范、爱情道德、作家角色等问题。有两股运动构成了它发生的背景：一是文学创作正日益规范化，二是人们迫切追寻社会凝聚力。其中后者以心灵贵族（noblesse de cœur）这一理想为中心，1400 年爱情宫廷（la Cour amoureuse）和 1401 年玫瑰修会（l'Ordre de la rose）相继设立是其佐证。**

---

* 见克里斯蒂娜·德·皮桑致巴黎司法长官纪尧姆·德·蒂农维尔（Guillaume de Tignonville），转引自埃里克·希克斯（Éric Hicks），《有关〈玫瑰传奇〉的争论》（*Le Débat sur le* Roman de la rose），巴黎，1977 年，第 7 页。

** 爱情宫廷（或译法庭）由查理六世设立。这是一个欢乐的、充满节日气氛的文学协会，旨在"举办爱情团体的欢乐庆典"（tenir joieuse feste de puys d'amour）。"谦逊"（Humilité）和"忠诚"这两大美德为它保驾护航，"敬重、赞颂、荐举和服务所有夫人和少女"，且带有勃艮第色彩。玫瑰修会是克里斯蒂娜·德·皮桑于次年新创设的爱情修会，以奥尔良的路易为中心（这一团体主要由女性构成，以保护女性荣誉为目的。团体亦表彰扶助女性的骑士，如奥尔良公爵，他在 1402 年为宫廷女性举办了盛大庆典）。克里斯蒂娜在《玫瑰叙事诗》（*Dit de la rose*）中讲到了玫瑰修会创立，该团体的核心人物是"忠诚"女神。

89 克里斯蒂娜·德·皮桑被比作希腊女廷臣莱昂斯（见第 137 页图注）

文学规范

在批评者看来，让·德·默恩的《玫瑰传奇》违背了礼貌和雄辩的规则，低估了文学作品的效用。克里斯蒂娜·德·皮桑和热尔松批判让·德·默恩作品在内容和表述上所展现出的猥亵的现实主义。“他笔下的‘理智’，”克里斯蒂娜说道，“对隐秘部位直呼其名。”而在这些地方，廉耻之心要求我们谨言慎行，免得有“放荡不羁和不诚实”（goliardises et deshonnetetéz）之嫌。她以此隐晦地抗议了默恩的用词，例如讲述萨图恩（Saturne）被阉割时，默恩直接使用了“睾丸”一词（第 5531—5534 行，又见于第 6925、7107 行）。

让她感到遗憾的是，“理智”做了冗长的辩白（第 6941—7186 行），而且还惯于“随心所欲直呼事物而不加修饰”（第 7075 行），换言之就图 88 是说猫即是猫……克里斯蒂娜强烈斥责了摘取玫瑰、为之开苞的情节设定。她说，这部论著“结局十分恐怖，令人感到羞耻”。这样的内容能够给读者带来什么好处呢？“人们不是都知道，男人女人是如何自然而然地结合的吗？”人们也可以用更讨喜的词汇来指称“美丽而诚实的情侣”和“道德高尚之人”。即使是格利亚诗人也不会这样写！

热尔松的批判 * 更为宏观，他认为让·德·默恩打破了修辞学的规则。演讲的语气和内容与人物设定如此不相符，以至于“爱神”最后看上去反而“比‘理智’和‘贞洁’（Chasteté）两位夫人更贞洁、更理图 69 智”。这是想教给读者什么！克里斯蒂娜怒道。谁敢试试看，把“老妇”的那个章节，还有她那些“令人唾弃的该死的教导”读给自己的女儿听？你们觉得女儿能从中分辨出好坏吗？“女士们，”她说道，“请远离

---

* 让·热尔松，《反〈玫瑰传奇〉论》（*Traicté d'une vision faite contre le* Ronmant de la rose），E. 希克斯编，前揭书，第 59—87 页，尤其见第 85 页。

这种隐藏在善与美德之下的恶意！”*

爱情的道德

在爱情道德方面，大家指责让·德·默恩有意混淆情感而且做了错误的解释。克里斯蒂娜言辞激烈地捍卫着爱情中的忠诚，这与她此前写就的《致爱神书信》（*Épître au Dieu d'amour*）中所表达的立场如出一辙。让·德·默恩竟然敢让上帝之女“理智”说出“在爱情的战争中，与其被欺，不如欺人”（第4396行）这样的话？我决不会建议自己的儿子这样做，否则他会丧失“感知、时间、灵魂、肉体和名声”。我最为憎恨的是“欺人的虚伪”，它是“背叛之母”，而且默恩为什么要借“造化”之口说出“一个男人不应该把自己的秘密告诉他的妻子”（第16581—16585行）这样的话。我根本不知道让·德·默恩从哪里学来的这些轻浮之辞！** 图95

“贞洁”的捍卫者热尔松则谴责“这团熊熊燃烧的话语之火淫荡至极、肮脏，且犯了大忌”。他谴责《玫瑰传奇》唆使人言行淫荡。而这部作品最为邪恶的一点，是默恩在书的结尾将放荡与信仰掺和到了一起： 图90

> 哎呀！多少污秽被汇集于此！这是多么亵渎上帝的话！播撒了多少魔鬼的种子！作者先是讲了上帝、天堂、贞洁可爱的天使、美好的喷泉，然后突然间出面讲起了自己放荡的生活……

---

* 克里斯蒂娜·德·皮桑，《致让·德·蒙特勒伊，反〈玫瑰传奇〉》（*Lettre à Jean de Montreuil, contre le* Roman de la rose），E. 希克斯编，前揭书，第49—57页，尤其见第52页。

** 同上，第51页和第54页。

> 怂恿所有人都这样做，沉沦于一切美色，不论是贞洁处女还是已婚妇女，都要尝试一下！而最大的罪过在于，他称这些事情是神圣的，是圣洁而受上帝眷顾的行为！他应该去谴责、憎恶这些行为才对……[*]

热尔松言："《玫瑰传奇》的暴行，比奥维德《爱的艺术》更恶劣。我们应该把让·德·默恩开除教籍！"

对此，皮埃尔·科尔进行了反击。他"痛骂"克里斯蒂娜，言语中充斥着文人教士的厌女主义腔调：

> 啊，多么狂妄自大！啊，女人那极为轻率且没有思想的语言，竟批评起了这位见解如此之高，学识如此深厚，在深耕细耘和深思熟虑之后写下了《玫瑰传奇》这样一部如此高尚的作品的男人，他超越于此前一切法语作家！

他还补充道："你最好是把它彻底读完。但即使你读了百遍，估计也只能理解其中的一小部分！"[**]对热尔松，皮埃尔·科尔则要克制得多。他提醒热尔松，读东西不能只拘泥于字面，并逐条引用原文为让·德·默恩辩护[***]。就言语猥亵的指责，他以"理智"的诗句进行了反驳（第 6941—6948 行）：

Biaus amis, je puis bien nommer	亲爱的友人，一样不好的事物，

* 让·热尔松，《反〈玫瑰传奇〉论》，前揭书，第 59—87 页，尤其见第 78—79 页。

** 皮埃尔·科尔，《对此前两篇论文的回应》(*Response... aux deux traitiés precedens*)，E. 希克斯编，前揭书，第 89—112 页，尤其见第 100 页。

*** 皮埃尔·科尔，《回应》，第 95 页。

Sanz moi faire mal renommer	我直呼其名，
Apertement par propre non	公开而不避讳，
Chose qui n'est se bonne non.	这并不会让我名声败坏。
Voire, dou mal seürement	我甚至可以直截了当、
Puis je bien parler proprement,	言之凿凿地讨论恶，
Car de riens nulle je n'ai honte	因为只要这算不上罪恶，
S'el n'est tels que a pechié monte.	我有何羞耻可言。

作家的介入

除了解读上的分歧，“《玫瑰传奇》之争”的论战还揭示出这几个主要人物无不清楚地意识到他们身为作家的介入：让·德·蒙特勒伊在这场辩论中若隐若现。他是在某天闲散之际，在友人贡捷·科尔的怂恿之下读了《玫瑰传奇》，并被让·德·默恩“惊人的技巧、才智和知识”（简而言之，他的天才）所吸引的。这也就是为什么此前一直用拉丁语写作的他，用法语写了一本小册子，为《玫瑰传奇》辩护。由于他的社会地位，他不直接参与辩论。不过，他约在1405—1407年间写给尼古拉·德·克拉芒热（Nicolas de Clamanges）的书信出版后，我们得以了解他的想法。他这样写道：让·德·默恩的诋毁者“并没有看到人物的多样性，他们没有注意是什么激情激发了这些文字，不知道应该用什么样的情感来看待那些演说，也不知道它们的目的、情境和发生的原因”。他们不知道一部以讽刺为基调的作品，是允许作者的文字略有出格的。说实在话，很少有人能够“穿透谜团”，深入这部非同寻常的“有关人类生活的镜子和演说”*！但他的评价还不止于此。在否认这部诗作有损道德，在褒扬让·德·默恩这位风格与拉丁语风格最为接近的法语诗人的同时，让·德·蒙特勒伊及其人文主义友人为备受意大利人文主义者贬低的法国诗歌和演说术成就呐喊助威……

克里斯蒂娜·德·皮桑把争论带到了公众的视野之下。她于1402年2月1日公开了有关《玫瑰传奇》的书信往来文件，并将其送呈纪尧姆·德·蒂农维尔和王后伊萨博·德·巴维埃（Isabeau de Bavière）[2]，请他们仲裁。《玫瑰传奇》里头攻击女性的话语让克里斯蒂娜很是受伤，这也损害了她的女性荣誉：

> 女人是谁？她们是谁？她们难道是蛇，是狼，是狮子，是龙，是亚龙[3]，是张着血盆大口的猛兽，是人类的宿敌，所以可以不择手段地欺骗和强占？既然是这样的话，那么，读一读《爱的艺术》吧：学几招诡计吧！强奸她们！欺骗她们！谩骂她们！攻下这座城堡！男人们，要小心，一个都别放过，让她们都蒙受耻辱！然而，我的天！她们也是你们的母亲、姐妹、女儿、妻子、朋友；她们就是你们，你们就是她们，你们都是一样的人。**

图6、98

撒拉、利百加、犹滴，以及让娜·德·埃夫勒（Jeanne d'Évreux，1371年去世）和布朗什·德·纳瓦尔（Blanche de Navarre，1398年去世）两位王后，都是《圣经》或法兰西王国品德高贵的女性。克里斯蒂

* 让·德·蒙特勒伊，书信《风俗如此》（*Ut sunt mores*），E. 希克斯编，第42—45页，尤其见第45页。

** 《克里斯蒂娜·德·皮桑致皮埃尔·科尔》（*Christine de Pizan à Pierre Col*），1402年10月2日，E. 希克斯编，前揭书，第115—150页，尤其见第139页。

娜在 1403—1404 年间写下了《淑女之城》(*Cité des dames*)，讲述了在“争论”中提及的这几位女性的故事，以此赞美女性，驳斥诽谤她们的人。自此，克里斯蒂娜的写作体裁从典雅爱情诗歌转向了博雅的散文。在这场“争论”后，克里斯蒂娜可以说成了名副其实的女性文人。 图 94

相比于对淫秽词语的使用，以及“爱慕者”这个“发疯的爱人”(让·德·默恩)所代表的骑士精神和宫廷通奸关系，热尔松更担心的是《玫瑰传奇》会不会在读者当中滋生出某种异端，即忘却原罪，更相信自然而非理性，颠覆婚姻和宗教誓言等制度，乃至以上帝的意志为幌子支持放纵的性行为。1402 年 12 月 3 日到 1403 年 3 月 18 日，热尔松在格雷夫的圣若望(Saint-Jean-en-Grève)教堂做了十三场布道，宣讲教会的教导。这些以“你们悔过吧”(Poenitemini)为主题的布道文抨击了几种主要的罪恶，尤其是被称为信仰“蛀虫”的“淫荡”(Luxure la souillarde)。他公开发布禁令，将《玫瑰传奇》定为禁书，“争论”也就此告一段落。

与“争论”同时代绘制的手抄本，为此前总是被忽视的《玫瑰传奇》第二部分配了装饰画。这些彩图以神话传说为典范，见证了人文主义者研究的不断深入：西班牙巴伦西亚大学(L’université de Valence)历史图书馆的 387 号手抄本就是其中最值得一看的范本。

Li peres et li filz et li sains esperis
Un dieu en trois personnes aourez et cheris
Tiengne les bons en grace et retourt les peris
Et doint que cilz traittiez soit a maint homme meris
J'ay fait en ma jeunesce mains dits par vanite
Ou maintes gens se sont pluseurs fois delite
Or m'en doint dieux un faire par vraie charite
Pour amender les autres qui peu m'ont proufite
Bien doit estre excuse jeune cuer en jeunesce
Quant dieu lui donne grace d'estre meur en viellesce
Mais moult est grant vertu et treshaulte noblesce
Quant cuer en jeune aage a meurte s'adresce
Mais si mien et maint autre sont de si grant durte
Qu'en nul estat ne veulent venir a meurte
Ainz se sont a jeunesce si joint et aheurte
Com se de tousjours vivre eussent seurte
Mais il est autrement car nous somes seur

88

88　针对让·德·蒙特勒伊，克里斯蒂娜·德·皮桑对《传奇》“极其可憎而可耻的结论”表示反对。“谁人敢在王后和公主的餐桌上朗读这些诗句，”她补充道，“而不怕会让她们因为耻辱与不知所措而羞红了脸呢？”事实上，虽然《玫瑰传奇》的文本并未含糊其辞，但是描绘摘取、开苞玫瑰的插图却很少，而且都不与文字严格对应。在我们所看到的这部手抄本中，“爱慕者”在作者让·德·默恩的眼神下羞怯地将玫瑰揽入怀中。

《玫瑰传奇》，法国国家图书馆，法语 24392 号手抄本，第 175 页（巴黎，15 世纪下半叶初期）

89（见第 128 页图）　让·德·蒙特勒伊在书信（154）《风俗如此》中以责骂的口吻，将批评让·德·默恩的克里斯蒂娜·德·皮桑比作攻击哲人泰奥弗拉斯托斯（Théophraste）的希腊廷臣莱昂斯（Léonce）。与“争论”处于同一时代的薄伽丘写作了《名媛》。这部作品有两个法语手抄本，里头就呈现了这位博学的、出入宫廷的女性坐在她的回转式阅读台前（亦可见本书护封右侧图，法语 598 号手抄本，约 1403 年）。

薄伽丘，《名媛》，法国国家图书馆，法语 12420 号手抄本，第 93 页（巴黎，约 1403 年）

91　让·德·默恩的“善终”（见第 138 页图注）

90 热尔松在《反〈玫瑰传奇〉论》中批评让·德·默恩将“神圣和精神的事物”与“放荡不羁的污秽言语”混为一谈（第20641—20658行）：

莫忘敬畏“自然”，
好好努力为她效劳，
若你们不小心占了别人的东西，
意识到了就该还予他……
所有人都应该远离谋杀，
言行得体，
忠义仁慈。
如此，你们将沿着
永生羔羊的足迹，
走进快乐的原野，
饮到美泉之水……
泉水如此甘甜、清澈
谁人饮上此水
便可永生不死。

（Pensez de Nature honorer, / Servez la par bien laborer, / Et se de l'autrui riens avez, / Rendez le, se vous le savez [...] / D'occision nus ne s'approuche / Netes aiez et mains et bouche, / Soiez loial, soiez piteus : / Lors iroiz ou champ deliteus / Par trace l'aignelet sivant, / En pardurableté vivant, / Boivre de la bele fontaine / Qui tant douce et claire et saine / Que jamais mort ne recevroiz / Si tost com de l'eaue bevroiz.）

不过，旁边这一页展现的是基督教版本的羔羊之园，就如红字标题所说：此段“造化”谈及白色羔羊，他所说的白色羔羊指的是我们的救世主。白色羔羊将羊群领入美丽果园的牧场，也就是说将爱他的人带入天堂，而那些步入歧途、不爱我主的人，则被敌人掠走。

《玫瑰传奇》，法国国家图书馆，法语24392号手抄本，第163页（巴黎，15世纪下半叶初期）

91（见第136页图）

“年轻时出于虚荣
我写了不少抒情诗博得众人次次欢笑，
如今我满怀爱德心向上帝
向那些从我的诗歌中获益甚少的人请罪。”

（Jay fait en ma jeunesce mains dits par vanité / Ou maintes gens se sont pluscurs fois delité, / Or m'en doint Dieux un faire par vraie charité / Pour amender les autres qui peu m'on profité.）

让·德·默恩《遗言》（*Testament*）开头这几行诗句让人觉得他在晚年对写过《玫瑰传奇》有某种“悔过”之意。当前这幅细密画[5]就以此为主旨，描绘了让·德·默恩“善终”的场景。他的辩护者在“争论”中重提了这一主题。这幅插图出自贝里公爵手下的约瑟夫（Josèphe）大师之笔，其灵感来源是锡耶纳（Siena）画家安布罗约·洛伦切蒂（Ambroglio Lorenzetti）的画作。

让·德·默恩的《遗言》，法国国家图书馆，阿瑟纳尔图书馆，3339号手抄本，第156页（巴黎，约1410—1415年）

Pur plus est agnus z pontificas
Quant il est ans assez sonnifians
Que ne soit du pelicons
Despaux de telus heriçons
Mais qui vouldroit charpir la laine
Tant est molle souefue z plaine
Pour quil en eust grant foison
Pour faire draps de la toison
Qui soit pris es blanches bestes
Bien se vestiroient aux festes
Empereur ou roy voire anges
Il se vestoient de draps langes
Par quoy bien le povez savoir
Que tiex robes porroit avoir
Moult soit vestus noblement
Et pour ce mesmement
Les devroit on tenir plus chieres
De tiex bestes ny a il guieres
Se li pasteur ne lest pas mort
Qui garde les bestes es lices
En ce beau parc cest chose voire
Ne lavoit entrer beste noire
Pour riens com li sceust prier
Tant lui plest les blanches tirer
Qui bien congnoissent le bergier
Pour ce doit o lui herbergier
Et par lui sont bien congneues
Par quoy mieulx en sont receues
Cy parle Hermans du blanc
Aignel par lequel il entent
Nostre Sauveur lequel aignel
Maine les brebis ou parc du
Beau vergier cest adire quil
Met en paradis ceulx qui laimet
Et ceulx qui se desvoiet de lamo de
Nre sauveur lennemi les prent

Si vous di que li plus piteux
Li plus beaux li plus deliteux
De toutes les bestes vaillans
Cest li beaux aignelet saillans
Qui les brebis ou parc amaine
Par son travail z par sa paine
Car bien scet se nulle en desvoie
Que li loups seulement les voie
Que nulle autre chose ne traice
Ne met quel ysse de la traice
Laignel qui mener les pense
Quil lemporteront sanz doubtance
Et la mengeront toute vive
Ne len puet garder riens qui vive
Cy parle Hermans de laignelet.
Seigneurs cest aignaux dont atant
Sachiez celui nous savons atant
Fors nous prions dieu le pere
Que par la requeste sa mere
Lui doint si les brebis conduire
Que li loups ne leur puisse nuire
Et que par pechie ne faillies
Que jouer en ce parc vailliez
Qui tant est beaux z delitables
Herbes de fleurs tant orables
De violettes z de roses.

93

92 现在看到的这部手抄本可能曾被一位和人文学者圈走得很近的重量级王室官员所收藏。沉睡者正在做梦，但开篇的图画又十分奇怪地描绘了盥洗盆和壁炉。它们也许是对“自然”的锻炉的一种情欲暗示。

《玫瑰传奇》，法国国家图书馆，法语1570号手抄本，第1页（巴黎，15世纪上半叶初）

93 这幅插图由黑色边框环绕着，里边反射出玫瑰的镜子象征着“危险之镜”，“爱慕者”就是中了它的陷阱。站在“爱慕者”身后的纪尧姆·德·洛里斯似乎在提醒他（第1576—1599行）：

许多猛士在这镜子前折戟，
因为越是聪明，
越是勇敢，越是受过教育的人
就越容易被窥伺，落入它的陷阱里。

（Maint vaillant home a mis à glaive / Cil mireors, car li plus saive, / Li plus preu, li plus afaitié, / I sont tost pris et agaitié.）

《玫瑰传奇》，法国国家图书馆，法语1570号手抄本，第16页（巴黎，15世纪初）

94

94 在读了马泰奥卢斯的《哀叹书》之后，克里斯蒂娜·德·皮桑十分气恼。她看到书房里出现了三位头顶皇冠的女士，她们分别是“理智”、“正直”（Droiture）与“正义”（Justice）。她们将帮她建造贞洁淑女之城。

克里斯蒂娜·德·皮桑，《淑女之城》，法国国家图书馆，法语607号手抄本，第2页（巴黎，约1405年）

95

95　在1399年5月献给伊萨博·德·巴维埃的《致爱神书信》中就已经蕴含了克里斯蒂娜在辩论中阐述的主题：爱情需要忠诚，女性受到了可怕的诋毁，女性的美德被忽视了。

克里斯蒂娜·德·皮桑，《致爱神书信》，法国国家图书馆，法语835号手抄本，第45页（巴黎，1408年）

96 手抄本同时描绘了“老妇”和“伪信”：“老妇”穿了厚厚的衣服，拄着拐杖；“伪信”被塑造成一位在祭台前祷告的修女。

《玫瑰传奇》，法国国家图书馆，法语1567号手抄本，第4页反面（巴黎？约14世纪中期）

96

97 “爱神”惊讶于自己的军队里竟然有“道貌岸然”，即虚伪修道士一样的人物，于是乎，象征某种遁世形象的“一本正经”抓住“道貌岸然”的手，向“爱神”保证说后者常常给予自己帮助。从外表看，“道貌岸然”被描绘成一位手持福音书的方济各会修士；“一本正经”则以一位手捧圣诗集的本笃会修女的形象出现（第10479行）。

《玫瑰传奇》，法国国家图书馆，法语19153号手抄本，第74页（安茹，约1460年）

97

98 为什么称《玫瑰传奇》为“爱的艺术”？克里斯蒂娜·德·皮桑对此颇为不满。它更像是教男人要阴谋诡计来欺骗女人的技艺。攻击“占有”的城堡不正是把他们引向羞耻与放荡吗？不过，我们现在看到的这幅插图给出的是一幅平静的图景：“爱神”的军队正准备围攻羁押“温存”的“占有”之城。战士们举着布满玫瑰图案的镀金旗帜。我们可以在前景上辨认出被描绘成方济各会修士的“道貌岸然”以及装扮成本笃会修女的“一本正经”。

《玫瑰传奇》，法国国家图书馆，法语19153号手抄本，第85页反面（安茹，约1460年）

Comment le dieu damours assaille le chastel ou bel acueil estoit en prison

Blanche de hors dedens noircie
Si sa genouille et le mercie
Dont vint force de la tourner
Or a lassault sans seiourner
Ce dist amours appertement
Son sairment fu communement
De telz armes com armer durent
Armez sont et quant armez furent
Si saillent sus tout abrieve
Au chastel fort sont arrive

Dont ja ne veult departir
Tant que tuit y soient martir
Ouquel sont pris ainc quilz sen partent
Leur batailles en quatre partent
Si sen vont en quatre parties
Si com leur gent orent parties
Pour assaillir les quatre portes
Dont les gardes nerent pas mortes
Ne malades ne pareceuses
Ainz erent fort et vigueureuses

Or vous diray la contenance
De faulx semblant et dabstinence
Qui contre malebouche vindrent
Entre eulx deux .i. parlement tindrent
Comment contenir se devroient
Et se cognoistre se feroient

100

99 这幅图引出了《玫瑰传奇》第二部分的一系列摘要，但在摘要之前还抄写了纪尧姆·德·迪居勒维尔的三次《朝圣》。因此，“占有”的城堡（我们可以认出塔楼上的“老妇”和“危险”）就与天国之城产生了对应。《耶稣基督朝圣》（第75页反面）描绘了新耶路撒冷的场景，在这里，圣奥古斯丁、圣本笃、圣方济各迎接了朝圣者。

《玫瑰传奇》，阿拉斯，市立图书馆，845号手抄本，第250页反面（法国北部，约1400年）

100 让·德·默恩还曾将波爱修斯的《哲学的慰藉》翻译成了法语，并在译本序言中罗列了自己的作品：“我，让·德·默恩，曾续写了《玫瑰传奇》，在‘温存’被‘占有’关押后，传授了攻夺城堡和攫取玫瑰之术……将维盖提乌斯的《论军事》（*Livre de Vegece de Chevalerie*）、《爱尔兰奇迹书》（*Livre des merveilles de Hyrlande*）、《阿伯拉尔与妻子爱洛依丝的生平与书信》（*Vie et les Epistres de Pierre Abaelart et Heloys sa fame*）、《精神友谊之书》（*Livre Aered de Espirituelle Amitié*）从拉丁语翻译成法语……”让·德·默恩是在续写完《玫瑰传奇》后不久的1284年翻译了维盖提乌斯的《论军事》。这部著作目前保存有二十多份手抄本，可以说是取得了一定的成功。有些《玫瑰传奇》抄本配有此书的摘录，因为在抄写者看来，爱情的争斗与战争的技艺有时非常相似。

维盖提乌斯，《论军事》，让·德·默恩译，法国国家图书馆，法语2063号手抄本，第22页（法国，1340年）

Post hec
paulis
per. &c.
Hic ma
pit secu
dum vo
lumen. Mos enim erat an
tiquorum terminare li
bros per volumina ut da
retur lectori spacium recol
ligendi predicta ut vita
retur fastidium et ut a
cius invenirentur que
quererentur. In prede
ti igitur volumine deter
minavit phia morbos
boecii et causas eorumde
et aditum sive viam
medendi sc. promittens
ipm mederi primo per
leniora medicamina.
In hoc secundo volumie
adhibet illa ut promisit
. s. improbando omnes
res fortunas quod facit
per totum istum secundu
librum. Post hec
paulisper obticuit. ut
michi daret spacium re
colligendi predicta et bene fecit. Mos enim est boni oratoris in sua oratione in

Post hec paulisper obticuit.
atque ubi attentionem meam
modesta taciturnitate collegit
sic est exorsa. phia. Si
penitus egritudinis tue cau
sas habitumque agnovi fortu
ne prioris affectu desiderioque tabescis. Ea
tantum animi tui statum sicut tu rem que
cum tu tibi fingis mutata pervertit. Intelli
go multiformes illius prodigii fucos. Et eo
usque cum his quos eludere nititur :
blandissimam familiaritatem. Dum intol
lerabili dolore confundat quos insperata reli
querit. Cuius si naturam mores ac me
ritum reminiscare. nec habuisse te in ea pul
crum aliquid nec amisisse cognosces. Sed
ut arbitror haud multum tibi hec in me
moriam revocare laboraverim. Solebas
enim presentem blandientem quoque virilibus incessere
verbis. Eam que de nostro adytu secreto pro
latis insectabaris sententiis. Verum om
nis mutatio subita non sine quodam quasi
fluctu contingit animorum. Sic factum
est ut tu quoque paulisper a tua tranquillita
te discesseris. Sed tempus est haurire te
aliquid aut degustare molle atque iocundum
quod ad interiora transmissum validioribus
haustibus viam fecerit.

terponere aliquod inter
vallum causa recreandi
auditores et recogitandi
audita. nec tamen oratio
dicitur minus continua que
adversarius nichil inter
ponit. Atque ubi attentio
nem. i. postquam per multa
signa cognovit me esse
attentum verbis suis que
non vidit me obmurmurare
sicut qui clamorem non
sapientiam querunt. Sed
potius tacitum et non pe
nitus tacitum propter
ignoranciam sed modeste
quia in tempore tacebam
et loquebar. iuxta illud
salomonis ecclesiastes. iii.
Tempus tacendi et tempus
loquendi. Post hec incee
pit addere prioribus que
necessaria erant.
Si penitus. &c. Vult
dicere phia. sperne fortu
nam quia ipsa est causa
egritudinis tue. et in
hoc premittit materiam
suam. s. improbare for
tunam. quia. i. ut ipsa

101　波爱修斯的《哲学的慰藉》是写作《玫瑰传奇》时所用到的关键文献。14 世纪初，在美男腓力四世（Philippe Le Bel）的授意下，让·德·默恩将其翻译成了法语。我们看到的这份手抄本有着十分引人注目的版面设计：它在左侧页面（即本书所展示的页面）呈现了波爱修斯的拉丁语文本，在右侧则是让·德·默恩的译文，拉丁语评注作为框架将二者包围。在我们所截取的页面左边，“哲学”正在慰藉狱中的波爱修斯；右侧描绘的则是人世无常，“命运”正转动着巨轮，人们随着她的意愿沉沉浮浮。

波爱修斯，《哲学的慰藉》，让·德·默恩译，法国国家图书馆，法语 1098 号手抄本，第 20 页反面—21 页（巴黎，约 1465 年）

103

103　这里以较为传统的形式呈现了“盲目”的“命运”正转动巨轮的景象：“理智”断言，人感到“命运”最为真实的时候，就是在她转动巨轮，使人从巅峰坠入泥潭的时候（第 4894—4896 行）：

给心灵涂上痛苦的膏药，
这膏药并非在醋里浸过，
而是沾满了凄惨和穷困……

（Au cuer .i. dolereus emplastre, / Destrempé non pas de vin aigre / Mais de povreté lasse et maigre...）

《玫瑰传奇》，法国国家图书馆，法语 1565 号手抄本，第 34 页（巴黎，1352 年）

102

102　面对代表着残酷和专权的尼禄，塞内卡（Sénèque）沉着赴死。“命运”也没有赦免这位皇帝。“理智”提醒“爱慕者”（第 6404—6408 行）：

当你看到“命运”到来，
定要坚定沉着。
你难道想要定住
她那无人能挡、
无论大小人物都毫无招架之力的巨轮？

（Et tu soies fers et estables / Quant Fortune verras venir. / Veuls tu sa roe retenir / Qui ne puet estre retenue / Ne par granz genz ne par menue ?）

《玫瑰传奇》，法国国家图书馆，法语 1565 号手抄本，第 43 页（巴黎，1352 年）

Ci comence le romans de
la rose · ou lart damours
est toute enclose

Maintes gens
dient quen songes
N a se fables non ⁊ meçonges
Mes on puet tel songes songier
Q' ne sont mie mençongier
Ains sont apres bien apparant
Si en puis bien traire a garant
Un aucteur qui ot non
Macrobes
Q' ne tint pas songes
a lobes
Ainchois descript la uision
Q' auint au roy Cypion
Q' conques cuide ne qui die
Q' soit folie ou musardie
De croire que songes auiengne
Q' se voudra pour fol me tiengne

《玫瑰传奇》在中世纪的传播

纳塔莉·科耶

《玫瑰传奇》有将近三百份手抄本流传至今。作为一部世俗作品，这个数量十分庞大。这简单的手抄本数量统计就已说明纪尧姆·德·洛里斯和让·德·默恩的《玫瑰传奇》是 13 世纪末到 16 世纪初之间流传最广的作品之一。无论是文人、贵族、教士还是市民阶级，《玫瑰传奇》对他们来说都是毋庸置疑的经典。1338 年，《玫瑰传奇》被锁链拴住[1]，放在索邦学院（collège de Sorbonne）的"大图书馆"中，代表其是学生在图书馆可以当场查阅的书籍之一。它被人收藏、阅读、引用、评论、注解、翻译，迅速取得了经久不衰的成功。

制版，插图

现存最古老的《玫瑰传奇》手抄本写于 13 世纪末。大量保存至今的 14 世纪上半叶的副本则证明了让·德·默恩诗篇的迅速走红。《玫瑰传奇》最早的副本遵循了当时的编辑规范：文本十分密集，页面分两栏甚至三栏，八音节诗句的首字母大写，纵向对齐，脱离于文本主体。我们在若干手抄本上都能看到装饰画，它们多以插入于分栏中的小花饰为主。图画主要集中在纪尧姆·德·洛里斯的那部分，因为这部分虽然篇幅相对较短，但以叙述为主。14 世纪末到 15 世纪，人们为知名的资助者们制作了奢华的副本，插图丰富，但结构与以往的并无差别。 图 104、105、106、107

"红字标题"顾名思义是用红色墨水抄写的标题，它不属于正文，

110 一件蒙巴斯通（Montbaston）工坊的作品（见第 167 页图注）

而是起到将文本划分开来的作用，它构成每个章节的开头，引导插图的内容。根据13—14世纪文学文本版面设计的习惯，成对出现的红字标题/插图具有《玫瑰传奇》排版的特点。不过红字标题也可能与图画无关，而是更多地起到在诗歌内部进行索引的作用。法语1559号手抄本（1290—1300年）是《玫瑰传奇》最古老的手抄本之一。在这部手抄本中，红字标题不一定单单与装饰画关联，而显然是后期以索引符号的方式[2]添加上去的。修改者还对文本进行了有意义的修正。

在《玫瑰传奇》第二部分，演讲篇幅很长，而对话简短，所以红字标题也可以告诉读者：说话的是谁？比如在第4249行以及之后的诗句中，"理智"给"爱慕者"布道，问他是否意识到效忠"爱神"意味着他会拥有一位怎样的主人：

Connois le tu point ? (Li Amanz) - Oill, dame ! (Raison) - Non fais. (Li A.) - Si faz. (R.) - De coi, por t'ame ?	"你了解他（'爱神'）吗，哪怕是一点？"（"爱慕者"）——"是的，夫人！"（"理智"）——"你不了解。"（"爱慕者"）——"不，我了解。"（"理智"）——"怎么了解的？通过你的灵魂吗？"

这段对话太过激烈，以至于打乱了八音节诗文的格律，也因此破了分栏书写的常规。抄写者用了多种方法来解决这个排版过程中遇到的难题。在14世纪的手抄本中，我们可以总结出三种不同的方法：

有的人尊重八音节诗句文字形态的工整性，用一个点小心翼翼地标记出说话者的变更，这样一来，分栏书写的规范得到了保证，但对话的可读性受到了影响（阿瑟纳尔图书馆，3338号手抄本，第31页，巴黎，蒙巴斯通工坊，14 世纪中期）*，这个办法在中世纪很常见。

另外一些抄写者更看重对话的活力，于是在八音节诗句内部用红字标出了说话者的名字，不过这样做的代价是诗句会因此变形（法语 1560 号手抄本，第28页b，约1320年），两行诗句因此有可能扩展为三行诗。

最后是第三种办法，它混合了前两种做法，在小节头上用红字标出说话者的名字，这样既能表明说话者，又保证诗句工整（法语 1558 号手抄本，第 34 页，14 世纪上半叶初期）。最后这个办法于我们而言更为熟悉，它几乎以一种剧本的形式还原了对话的生动性。

《玫瑰传奇》法语 1574 号手抄本（14 世纪上半叶初期）配有红字标题及栏外标题（titres courants）。这些标题抄写精美，用红墨水标在每页的上方。这些元素大多从道德角度对诗歌进行阐释，但也不乏讽刺。在第 1 页反面，栏外标题以“春天如何让‘青春’懒散、疯狂”（Comment Printemps esmuet Jeunesse en oeseuse et en folesce）的字样评注了纪尧姆最开头几行诗句，铺陈了纪尧姆华丽的梦境：彼时他二十岁，在五月这个爱情的时节做梦神游。对此，纪尧姆笔下洋溢的仅仅是愉悦，但抄写者讲出了梦境无意义且不理智的一面。在后面的第 5 页，“不明智的‘闲散’如何引人误入歧途”（Comment Oeseuse, qui n'est pas sage, a mal fere donne passage）的标题在小节开头就假定了文本所没有的对守门人的负面判断。最后，在“老妇”释放“温存”时所做的演说中，标题用一种极其优雅的笔调道出了激烈的内涵，如其中一个标题就引导读者想象：“老淫媒如何用谎言蒙骗少女”（Comment deceivent les maquereles, jeunes fames par leurs flaveles，第 107 页）。法语 1574 号手抄本的抄写者有自己的立场，其标题为《玫瑰传奇》做了一套十分详细但以谴责为主的评注。 图 108

* 相关插图未收入本书，可见于 romandelarose.org。

图像学也为解读《玫瑰传奇》开辟了路径。叙事的关键点在扉画中就得到展现，呈现出沉睡者边上那朵绽放的玫瑰，还预告了拿着大棒的“危险”，或是手持镜子的“闲散”的出现。手抄本装饰画忠实再现了花园墙上反对典雅爱情的拟人形象，还有它们的对立面。那喀索斯的喷泉、“爱神”的誓言和“占有”的塔楼等纪尧姆·德·洛里斯叙述中的关键场景在插图中经常出现。而让·德·默恩的文本插图就配得较少，内容却更为多样。在众多主题中，“命运”之轮、维尔吉尼娅受刑、卢克莱西亚自杀、“自然”的锻炉、处罚“恶口”，都是常见的插画。很少有插图描绘最终的场景。有时候，画家会以玫瑰绽放的形式来表示。

插画的细节可能暗藏着画家的意图。法语 1572 号手抄本第 1 页的
图 5 下边缘画着一对温柔相拥的情侣，预示着幸福正等待着有情人。在法语
图 31 1565 号手抄本中，“造化”在立誓的同时，“自然”的手臂揽着一只兔子。
这只兔子仪态放荡，其寓意无需言表（第 127 页）。《玫瑰传奇》另一部
手抄本，法语 25526 号手抄本（巴黎，14 世纪中期）下缘的绘画星罗棋
布，形成了独立于细密画之外的图像圈。然而，这些页缘同时也固守常
规，参差混杂，反复出现：上面有在奔跑中打斗的狗、兔子、野人，也
图 114 有从圣母、基督和圣徒生活中提取出来的场景，还再现了令人遐想的装
饰画绘制工坊。更惊人的是，虽然其位置处在“老妇”释放“温存”的
演讲之下，所配四幅组图的淫秽程度却不亚于讽刺滑稽故事，讲述的是
图 115、116 一位机灵的修女和一位修士之间发生的爱情历险故事。画家（这里是一
位女性，让娜·德·蒙巴斯通［Jeanne de Montbaston］）对男性器官的
图 117 大胆描绘与另一个中世纪的众生相联系到一起：人们毫无羞耻地戴着与
之类似的用于祈求健康的标牌，随后把它们丢到教堂边上的河里，希望
多多生儿育女。让娜选择在这些页面底部进行创作，是受到一种十分生
动的物质文化启发，这文化与《玫瑰传奇》的酒神精神相去不远，只不
过没有字句对应罢了。

《玫瑰传奇》的商业化

《玫瑰传奇》通过多种途径得到了传播，从私人传抄到王侯订制，这中间还有书商对其进行推销。随着潜在读者的增多，在 13 世纪，手抄本书籍作坊的数量在各大城市中心显著增多。

《玫瑰传奇》之所以能够获得成功，和历史上一个活跃于 14 世纪上半叶后期的工坊有关：里夏尔·德·蒙巴斯通和让娜·德·蒙巴斯通抄写工坊。蒙巴斯通家族是位于巴黎新圣母教堂街（rue Neuve-Notre-Dame）图 112 的书商，他们销售手抄本书籍，并亲自为它们附上装饰画。让娜和里夏尔时而一起，时而各自为《玫瑰传奇》现存的三百多份手抄本中的十九部绘制了插图——这个数量十分可观。不过，他们的作品显得多种多样，最重要的一个原因就是他们是依据那些因手抄本而异的红字标题来作画的。有时，他们制作的秘密会浮现出来。法语 802 号手抄本在下缘仍然留有一幅草图，我们可以看出那是以铁匠形象出现的“自 图 111 然”。这是按照字面意思对让·德·默恩描写的“自然”锻炉所做的诠释，而其他手抄本中描绘的则是一对床上的夫妇，这种表现形式更露骨 图 30 也更忠实。还有一些时候，他们的画也跳脱出原文。在皮尔庞特·摩根（Pierpont Morgan）图书馆 503 号手抄本上，让娜的任务是再现卢克莱西亚自杀的场景，这是“嫉妒者”厌女论调的标志性场景。她以这位罗 图 113 马女子蒙受强奸、被逼绝望自杀为例，建议那些朝三暮四的夫妇将其当作女性道德的典范。然而，让娜在这里表现出了她的无知、欠佳的阅读能力，或者是由于绘制速度过快，竟画了……一个男人。上面提到过的法语 25526 号手抄本则反映出其画作结构性的不连贯：让娜按照惯例在书册的每一面上作画，但没有预料到此后书册还会被重新编排。读者当然很容易就看出有些图画次序混乱。这些错误暴露出职业画家注重实效的工作方式，毫无疑问，坐在丈夫身旁的让娜耳濡目染，使得她在守寡后得以独自支撑工坊。也正是丈夫的离世使得让娜·德·蒙巴斯通不必再匿名工作，像许多女同行一样，她原本得在家庭工坊隐姓埋名。

从纯粹的审美角度看，蒙巴斯通家族算不上一流画师。不过，他们的商业运作十分成功，对通俗语言文本传播（其中包括在宫廷内部的传播）所做的贡献也是有目共睹的。

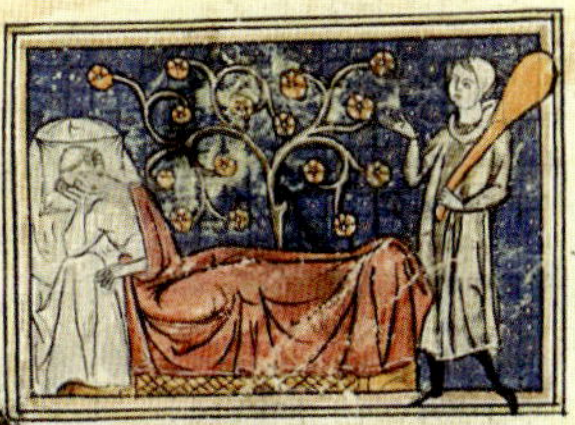

Maintes genz dient
que en songes
n'a se fables non
et mencongès
Mais on puet
tex songes songier
Qui ne sont mie mencongier
Ainz sont apres bien aparant
Si en puis bien traire a garant
J. aucteur q̄ ot non Macrobes
Qui ne tint pas songes a lobes
Ainçois escrist la vision
Qui avint au roy Scypion
Quiconques cuide ne qui die
Qu'il soit folie et musardie
De croire q̄ songes avingne
Qui voudra pour musart me tiegne
Quar endroit moi ai je creance
Que songe sont senefiance
Des biens as genz et des anuiz
Car li pluseur songent de nuiz
Maintes choses couvertement
Que on voit puis apertement
Ou vintiesme an de mon aage
Ou tens que amours prent le paage
Des jeunes genz couchiez m'aloie
Une nuit si com je souloie
Et me dormoie mult forment
Si vi .i. songe en mō dormant
Qui mult fu biaus et mult me plot
Mais en cel songe nulle riens n'ot
Qui toute avenue ne soit
Si com li songes recensoit
Or vueil cel songe rimoier
Pour vos cuers plus esleescier
Qu'amours le me prie et comande
Et se nus ou nulle demande
Comment je vueil q̄ cist romanz
Soit apelez que je comanz
Ce est li romanz de la Rose
Ou l'art d'amours est toute enclose
La matere en est bonne et noeve
Or doinst diex q'en gre la receive
Cele pour cui je l'ai empris
C'est cele qui tant a de pris
Et tant est digne d'estre amee
Qu'el doit estre rose clamee
Avis m'estoit q'il estoit mais
Il y a bien .v. anz ou mais
Qu'en may estoie ce songoie

El tans amoreus plain de joie
El tens ou toute riens s'esgaie
Que l'en ne voit buisson ne haie
Qui en may parer ne se vueille
Et couvrir de novele fueille
Li bois recuevrent lor verdure
Qui sont sec tant com yver dure
La terre meismes s'orgueille
Pour la rousee q̄ la mueille
Et oublie la povrete
Ou ele a tout l'yver este
Lors devient la terre si gobe
Qu'el veult avoir novele robe
Lors set si noble robe faire
Que de couleurs y a .c. paire
D'erbes de fleurs blanches et perses
Et de maintes couleurs diverses
C'est la robe que je devise
Pour la quele la terre mieux se prise
Li oisel qui se sont teu
Tant com il ont le froit eu
Et le tans divers et frarin
Sont en may pour le tans serain
Si lie qu'il moustrent en chantant
Qu'en lor cuers a de joie tant
Qu'il lor estuet chanter par force
Li rossignols lors s'efforce
De chanter et de faire noise
Lors se deduit et lors s'envoise
Li papegaus et la kalendre
Lors estuet jeunes gens entendre
A estre gais et amoreus
Pour le tans douz et savoreus
Mult a dur cuer q̄ en may n'aime
Quant il ot chanter sor la raime
As oisiaus les douz chans piteus
En icelui tans delitous
Que toute riens d'amer s'esfroie
Songai une nuit q̄ j'estoie
Lors m'ert avis en mon dormant
Qu'il estoit matin durement
De mō lit tantost me levai
Chauçai moi et mes mains lavai
Lors trais une aguille d'argent
D'un aguillier mignot et gent
Et pris l'aguille a enfiler
Hors de vile oi talent d'aler
Pour oir des oisiaus les sons
Qui chantoient par les buissons
En icele saison nouvele
Cousant mes manches a vizele
M'en alai touz seuls esbatant
Et les oisellons escoutant
Qui de chanter s'esjoyssoient
Par les vergiers q̄ florissoient
Jolis gais et plains de leesce
Vers une riviere m'adresce
Que j'oy pres d'illuecques bruire
Car ne me soi aler deduire
Plus bel q̄ sor cele riviere

D'un tertre qui pres d'illuec ere
Descendoit l'aigue clere et roide
Bruianz estoit l'aigue et ausi froide
Come puis ou come fontaine
Si estoit poi mendre de Saine
Mais q'ele ere plus espandue
Onques mais n'avoie veue
Cele eaue qui si bele estoit
Mult m'abelissoit et seoit
A regarder le lieu plaisant
De l'eaue clere et reluisant
Mon vis refreschi et lave
Si vi tout couvert et pave
Le fonz de l'eaue de gravele
La praierie grant et bele
Tres au pie de l'aigue batoit
Clere et serie et bele estoit
La matinee et atempree
Lors m'en alai parmi la pree
Contreval l'eaue esbanoiant
Tout le rivage costoiant
Quant j'oi un poi avant ale
Si vi .j. vergie grant et le
Tout clos d'un haut mur bataillie
Pourtrait de hors et entaillie
A maintes riches escriptures
Les ymages et les paintures
Dou mur volentiers remire
Si vous conterai et dire
De ces ymages la samblance
Si com moi vient en remembrance

Ci devise li aucteurs les ymages dou mur. Et premierement de Hayne.

Enz enmi ou milieu vi Hayne
Qui de courouz et d'atayne
Sembloit bien estre moverresse
Et corrouceuse et tenceresse
Estoit par samblant cele ymage
Et plaine de grant cuvertage
Si n'estoit pas bien atornee
Ains sambloit fame forsenee
Le vis rechignie et froncie
Avoit et le nes secourcie
Hideuse ert et enroeillee
Si estoit entortillee
Hideusement d'une toaille
Une autre ymage
D'autel taille
A senestre avoit delez lui
Son non desus sa teste lui

A ce conseil se sont at-
tenues
A pour ce sont a dangier
venues
Si lont trouue le paisant
Desous .i. aubespin gisant
Il ot en lieu de cheuecel
Sous son chief derbe .i. grant moncel
Et commencoit a someillier
Mes honte la fet esueillier
Qui le ledenge et li quiert seure
Comment dormes vous a ceste
Fet elle par male auenture
For est qui en vous sasseure
De garder rose ne bouton
Ne que en la queue dun mouton
Trop estes recreans et lasches
Qui deussiez estre sauuages
Et tout le mont estoutier
Folie vous fist marier ottrier
Que bel acueil ceens meist
Homme qui blasmer nous feist
Quant vous dormes nous en oon
La noise qui mes nen pouon
Estes vous ore couchiez
Leues vous sus et si bouchiez
Tous les pertuis de ceste haie
Et ne portes nullui manaie
Il nafiert pas a vostre non
Que vous faciez se annui non
Se bel acueil est frans et dous
Et vous soiez fel et estous
Et plain de ramposne et doutrage
Vilain qui est courtois enrage
Car oy dire en reprouuier
Que on ne puet fere espreuier
En nulle guise de busart
Tous ceulz vous tienent pour musart
Qui vous ont trouue debonnere
Voulez vous donques a gens plaire
Ne faire bonte ne seruise
Ce vous vient de recreantise
Si aures mes partout le los
Que vous estes lasches et mos
Et que vous aues genglours
Apres li a parle paour

Paour parle a dangier

Certes dangier moult me merueil
Que vous nestes en grant esueil
De garder ce que vous deues
Tost en porres estre blames
Se lire jalousie engraigne
Elle est moult male et moult grifaigne
Et de tencier appareillie
Elle a hui honte assaillie
Et chacie par sa menace
Bel acueil tout hors de la place
Et jure quil ne puet durer
Quil ne face vif emmurer
Cest tout par vostre mauuestie
Quen vous na mes point de grestie
Je cuit que cuer vous soit failliz
Mes vous en seres mal bailliz
Se onques jalousie connuit
Vous en aures paine et annui

Lamant parle a dangier

Lors leua li vilain la hure
Frote les yex et se vertue

制版，插图

104（见第 157 页图） 在所有现存的最古老的手抄本中，这部《玫瑰传奇》手抄本的文本被分为三栏进行排版，这是 13 世纪到 14 世纪上半叶的诗歌作品中常见的排版方式。文本抄写得颇为密集（36.5 厘米长的页面上抄了六十行诗）。作品卷首扉页的长条形框饰将两幅插图放在同一个结构内，其中第一幅画的是沉睡者之梦，第二幅画的是在果园门前的“爱慕者”。

这部手抄本是一个合集，除了《玫瑰传奇》之外，还收录了十多个短篇叙事作品，尤其是一些叙事诗（即不用于演唱的诗歌作品）。

《玫瑰传奇》，法国国家图书馆，法语 378 号手抄本，第 13 页（巴黎，13 世纪末）

105 这部《玫瑰传奇》手抄本采用了清晰而实用的排版（在 14 世纪成了诗歌文本排版的原型）：文本分两栏（29.2 厘米长的页面上抄了四十行诗）；每行首字母轻微向前缩进，纵向排列整齐；章节起首大写字母和红字标题指明文本的上下衔接。双栏排版尤为适合《玫瑰传奇》的八音节诗句，大多数诗歌抄写者都采用了这种布局。

红字标题有两种功能。除了划分文本、阐释插图（这个功能在本书复制的该页面上不可见）之外，还能让读者知道谁在说话（这是在该页可以看到的）。这部精致手抄本的插图和通常一样，显然都更集中于纪尧姆·德·洛里斯而非让·德·默恩所著的部分，因为前者叙事性较强，而后者侧重于推论（在四十四幅插图中，有二十三幅出现在纪尧姆的部分，二十一幅出现在让的部分）。这幅图中我们看到“羞耻”和“恐惧”正在唤醒“危险”。

《玫瑰传奇》，法国国家图书馆，法语 24388 号手抄本，第 27 页反面（巴黎，约 1320—1330 年）

106 这部手抄本作品相当精彩生动：半手写体，多缩写（28.5 厘米长的页面上抄了三十五行诗），图像使用浮雕式灰色装饰画技法和颜色增强的墨水。但由七十九幅图片组成的极为丰富的插图组紧扣文本，这一点在让·德·默恩所写的部分显得尤其突出：这里，在季赛荣山上，维纳斯正在教授阿多尼斯打猎的技艺和方法，与爱情游戏相似（第 15700 行）。

《玫瑰传奇》，法国国家图书馆，法语 1570 号手抄本，第 122 页（巴黎，15 世纪上半叶初期）

107（见第 162—163 页图） 这部 15 世纪的手抄本是现存制作最细致的抄本之一。其中包含的一百一十七幅插图几乎与文本一一对应。在这一内跨页上，我们注意到插图的布置颇为考究，红字标题同时体现了划分文本和注解插图的双重功能。

这里描绘的是“理智”正在进行关于命运逆转的演说：“命运”蒙着双眼，转动巨轮，即使是权倾一时之人也会滑落谷底；尼禄为了看看自己从哪里出生，将母亲开膛破肚；塞内卡在浴缸热水中割脉放血，在他以前的学生尼禄眼前死去。

《玫瑰传奇》，法国国家图书馆，法语 24392 号手抄本，第 49 页反面—50 页（巴黎，15 世纪下半叶末期）

Pume que fusse habandonnee
Ja ne fusse esperdonnee
De bon cuer ains sen destornasse
Quelq semblant qlz en monstrasse
Ne ja venue ny eust prise
Se venus sen fust entremise
Mais sans faille il le convient faire
Un pou sestuet arriere traire
Du pour venes en glz fuire
Destoutes les fors q'on livre
Itel quon ne puet surmonter
Mais quon le puisse miels dompter
De lost se partent deux messages
Qui tant ont eux tous sages
Unlz sont a citeron venus
La sont a tant homme tenus
Citeron est une montaigne
Dedens un bois en une plaingne
Si hault q nulle arbaleste
Nat soit fort ne de traire preste
Ne monteroit lome ne vire
Venus qui les dames espire
Fist a son principal manoir
Principalment volt la manoir
Mais se tout lestre destruiroie
Espoir trop vous ennuieroie
Et se men pourroie lasser
Pour ce men vueil briefment passer
Venus sert au bois devalee
Pour chacier en une valee
Li beaux adonis est o li
Ces doulx amis avenir joli
En petit est en fantis
Chacier au bois ententis
Ensez est jeune et avenant

Mais molt est bel a estiant
Midi estoit pieca passez
Chascun est de chacier lassez
Soubz un peuplier en leur estoient
Joupte un vivier ou ombroioient
Leurs chiens q las & recreux furent
Tantost ou ru du vivier burent
Leurs draps leurs arcs et les cuiries
Eurent delez eulx appuiees
Jolement se deduisoient
Et ces oisillons escoutoient
Par tres joussant tout environ
Enpres leurs chies en son giron
Venus embracie le tenoit
Et en tenant lui aprenoit
De chacier au bois la maniere
Si com elle en est coustumiere

Comment venus descendit de la montaigne de citeron pour venir a son grant ami adon qui chacoit au pie de la montaigne

Amis que vre mestier est priste
Et bone vous q aime la beste
Sachiez le pris que tone en fuie
Se bons trouvez beste qui fuie
Couraz apres hastivement
Mais tournez aulx q fierement

107（法语 24392 号手抄本，第 49 页反面—50 页）

Si que mame ioieuse et baude
A dieu qui la forma se rende
Et dautres tourmens la deffende
Apres ce mot sanz arrester
Fist noron le baing aprester

Comme noron fist saigner son maistre
Dedens en un baing chaut et ainsi
Mourut le bon preudomme.

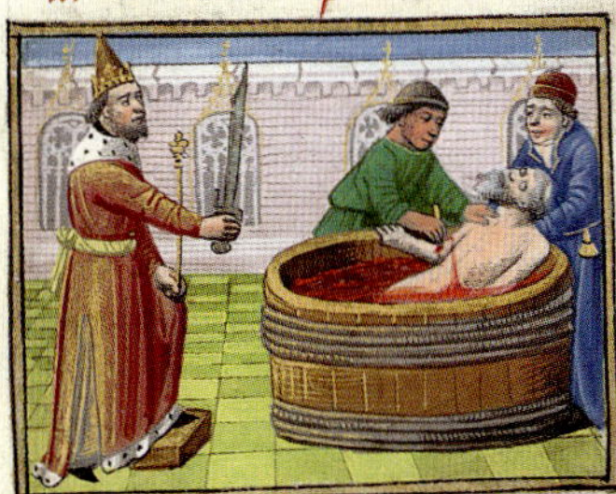

Et fist ens le preudomme metre
Et puis seigner se dit la lettre
Tant quil lui convint lame rendre
Tant lui fist il du sanc espandre
Ne nulle achoison ny savoit
Fors tant que de coustume avoit
Noron que tousiours des senfance
Lui souloit porter reverence
Si com disciples a son maistre
Mais ce ne doit dit il pas estre
Ne nest pas drois en nulle place
Que reverence a homme face
Nulz homs puis quil est empereres
Tant soit ses maistres ou ses peres
Et pour ce que tant lui grevoit
Quant encontre lui se levoit
Quant son maistre veoit venir
Il ne se povoit pas tenir
Quil ne lui portast reverence.

Par la force de coustumance
Fist il destruire le preudomme
Si tint il lempire de Romme
Cil desloiaulz que je vous di
Et dorient et de midi
Doccident et de septentrion
Tint il la iuridicion

Cy dit que les biens de fortune ne sont pas les vrais biens

Et se tu me scez bien entendre
Par ces paroles peus aprendre
Que richesses et reverences
Dignetez honneurs et puissances
Ne nulle grace de fortune
Que je nen excepte nesune
De si grant force pas ne sont
Quilz facent bons ceulx qui les ont
Ne dignes davoir les richesses
Ne les honneurs ne les haultesses

Cy dit que mal mès appert plus tost ou riche que ou povre.

Mais silz ont en eulx aspretez
Orgueilz ou quelque mauvaistiez
Le grant estat ou il se tiennent
Plus tost se monstrent et descuevrent
Que se petit estat eussent
Par quoy si nuyre ne peussent
Car quant de leurs puissances usent
Li faiz les voulentez accusent
Qui demonstrance font et signe
Quilz ne sont pas ne bon ne digne
Des richesses des dignetez
Des honneurs et des poestez

Cy dit que les honneurs muent les meurs.

Et si dit len une parole
Communement qui trop est fole
Si lentiennent il tout pour voire
Par leur fol sens qui les desvoie
Que les honneurs les meurs remuent

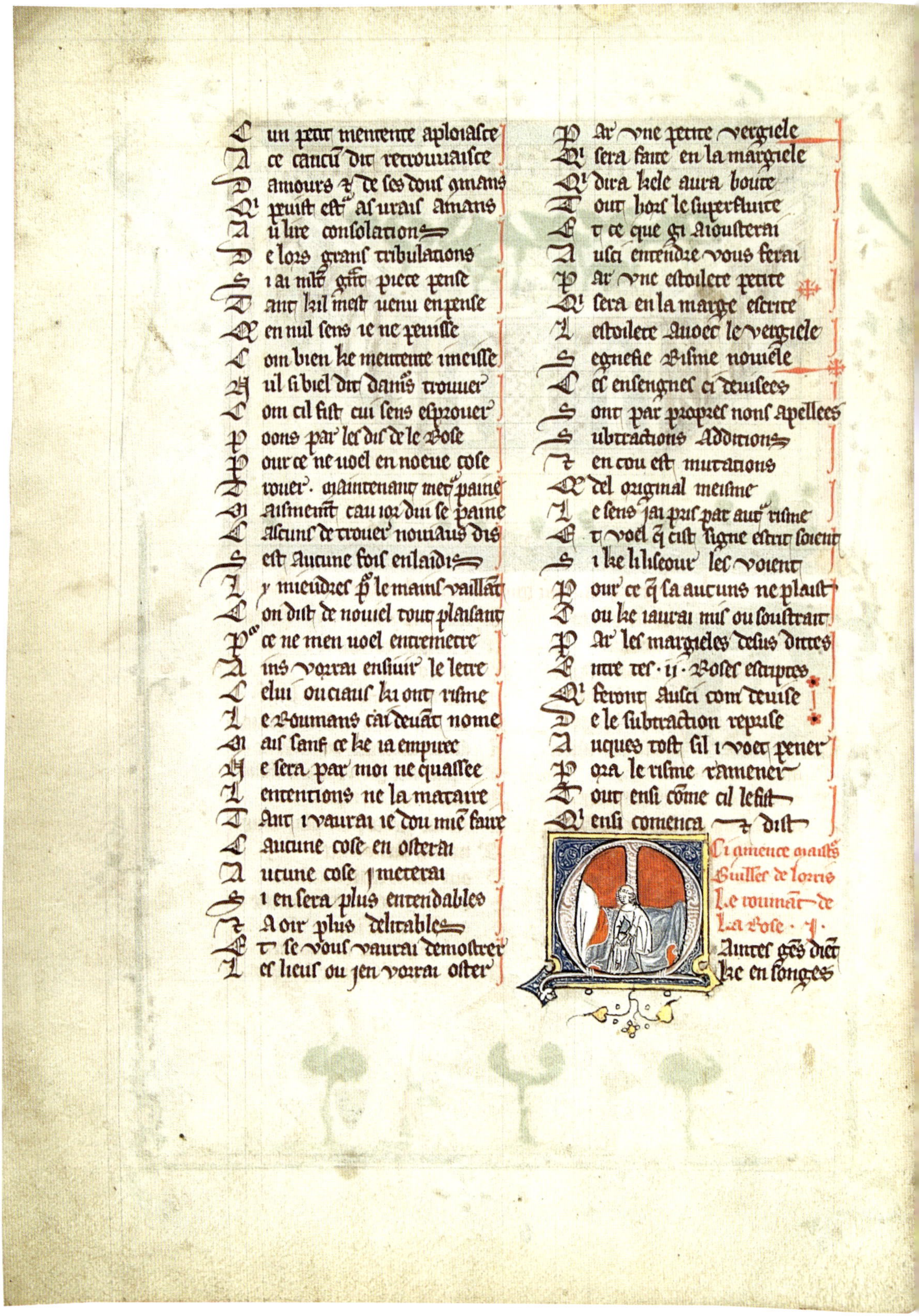

Cun peut mentente aploiasce
Ace cancun dit retrouuaisce
Damours & de ses dous amans
Qui puist estre as urais amans
Au lire consolation
De lors grans tribulations
Si ai mis grant piece pense
Taunt kil mest uenu en pense
Ken nul sens ie ne peuisse
Com bien ke mentente imeisse
Nul si biel dit damis trouuer
Com cil fist cui sens esprouer
Poons par les dis de le Rose
Pour ce ne uoel en noeue cose
Trouuer · maintenant mettre paine
Maismement car ioi dui se paine
Alcuns de trouuer nouiaus dis
Est aucune fois enlaidis
Ly mieudres par le mains vaillant
Con dist de nouiel tout plaisant
Par ce ne men uoel entremettre
Mais vorrai ensiuir le lettre
Celui ou ciaus ki ont risme
Le Roumans c'ai deuant nome
Mais sans ce ke ia empiree
Ne sera par moi ne quassee
Lententions ne la matare
Taunt i vaurai ie dou mien faire
Caucune cose en osterai
Aucune cose i meterai
Si en sera plus entendables
Et a oir plus delitables
Et se vous vaurai demostrer
Les lieus ou jen vorrai oster

Par vne petite vergiele
Qui sera faite en la margiele
Qui dira kele aura boute
Tout hors le superfluite
Et ce que gi aiousterai
Ausci entendre vous ferai
Par vne estoilette petite
Qui sera en la marge escrite
Lestoilette auoec le vergiele
Segnefie risme nouiele
Ces ensengnes ci deuisees
Sont par propres nons apellees
Subtractions additions
Et en tou est mutations
Del original meisme
Le sens jai pris par autre risme
Et voel que cist signe escrit soient
Si ke li liseour les voient
Pour ce que sa aucuns ne plaist
Ou ke iaurai mis ou soustrait
Par les margieles desus dittes
Entre ces · ii · Roses escriptes
Qui seront ausci com deuise
De le subtraction reprise
Auques tost sil i voet pener
Pora le risme ramener
Tout ensi come cil le fist
Qui ensi comenca & dist

Ci amence maistres
Guilles de lorris
Le roumant de
La Rose · j ·

Maintes gens dient
ke en songes

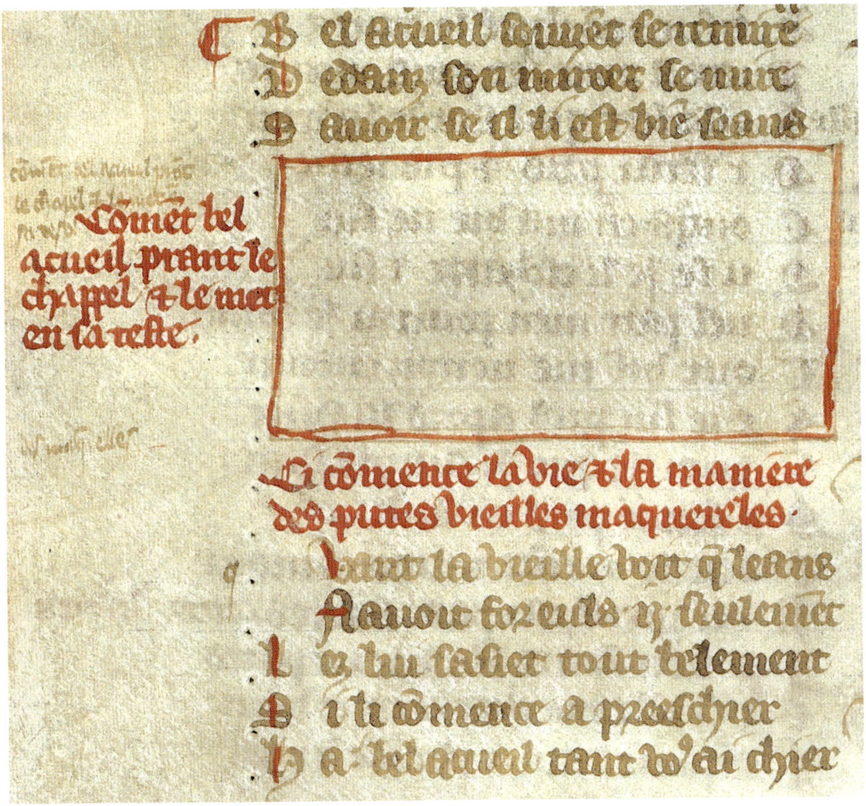

108

108 这部手抄本有个与众不同的地方在于，它有两种红字标题：一种用来划分文本部分，另一种则是用来注解插图的。

我们可以看到，边缘上写着：“‘温存’如何取得帽子并戴到了自己头上”（Comment Bel Acueil prant le chappel et le met en sa teste）。这个标题解释的是一幅从未画成的插图。在空白的方框下写着“以下要说的是老淫媒的生活与作风”（Ci commence la vie et la manière des putes vieilles maquereles），预告“老妇”将要发表演说。这则红字标题义正词严地谴责了“老妇”鼓动情人放纵的倾向。书页的边缘红墨水写就的段落符（pied-de-mouche，“苍蝇脚”）就是我们今天使用的换行符的鼻祖。

《玫瑰传奇》，法国国家图书馆，法语 1574 号手抄本，第 94 页反面（巴黎，14 世纪下半叶）

109 修士居伊·德·莫里于 1290 年左右改写了《玫瑰传奇》。他担心读者看不出他对纪尧姆·德·洛里斯文本的修改，所以制定了一套十分详细的符号体系来加以区分。他在序言中阐明：于两行诗句之间延伸的、柳叶刀形状的“小逗号”（petite vergiele）表示删除；“小星星”（estoilete）意味着增加；“小星星”连着“逗号”表示保留句子原意但文字有改动。

《玫瑰传奇》，图尔奈，市立图书馆，101 号手抄本，第 5 页反面（图尔奈，1330 年）

Deulz me plaing ⁊ vous plaidoi
Se du plaidier ne me faindroi
Conseil que nature leur donroi
En tous les cas que ie porroi
Tant que ien soie si vengies
Que leur orgueil soit estanchiez
Ou quil seront tuit condampne
Mar fussent il onc dadan ne
Quant si pensent de moi grever
Du cors leur puist les cuers crever
Quant mes dedens veulent abatre
Certes qui me voudroit bien batre
Voire assommer a .iiij. pis
Ne me porroit il faire pis
Si ne sui ge mie mortiex
Mes courrous en recoif ie tiex
Que se mortiex estre peusse
Du duel que iai de ceuls mourusse
Car se mi gieu vont defaillant
Jai perdu quanque iai vaillant
Fors montons ⁊ mes vesteures
Mon chapel ⁊ mes armeures
Ja mais sil ne ont la puissance
Deussent il avoir pesance
Et leur cuers en douleur plessier
Sil les leur couvenist lessier
Ou puet on querre meillor vie
Que destre entre les bras samie
Lors font en lost leur serement
⁊ por tenir le fermement
Ont en lieu de reliques tenues
Leur cuiries ⁊ leur saietes
Leur dars ⁊ leur ars ⁊ leur brandons
⁊ dient nous ni demandons
Meilleurs reliques a ce faire
Ne qui tant nous peussent plaire
Se nous cestes pariuriens
Jammes creus ne serions
Sur autre chose ne le iurent
⁊ li baron seur ce les creurent
Autant com seur la scripture
Pour ce quil iurent vite
⁊ quant ce serement fet ourent
Si que tuit entendre le pourent. Comme
Nature est en sa forge ⁊ tient le martel

Nature qui pensoit des choses
Qui sont desous le ciel encloses
Dedens sa forge entree estoit
Ou toute sentente metoit
En forgier singulieres pieces
Pour continuer les espieces
Car les pieces les fet tant vivre
Que mort ne les puet aconsuivre
Ja tant naura couru apres
Car nature tant li va pres
Que quant la mort o sa macue
Les pieces singulieres tue
Ceulz quil trueve a soi redevables
Quil en ya de corrompables
Qui ne doutent la mort neant
⁊ toutes voiz vont dechaant
⁊ usent en temps ⁊ pourrissent
Dont autres choses se norrissent
Quant toutes les cuide atraper
Nes puet ensemble conceper
Car quant lune par deca hape
Lautre par dela li eschape
Car quant ele a tue le pere

《玫瑰传奇》的商业化

110（见第 150 页图）《玫瑰传奇》之所以在商业上十分成功，很大程度上要归功于 14 世纪巴黎的插画家族——蒙巴斯通家族。他们是动作迅速、有时也会重复工作的手工艺人。在这幅图中，他们用到了一种当时流行的、通俗语作品装饰中的特有效果，即用带肖像吊坠（médaillon）的边框环绕开篇页。类似于本图，我们还能在他们的若干手抄本中找到两三种颜色交替的葡萄藤叶。

《玫瑰传奇》，阿瑟纳尔图书馆，3338 号手抄本，第 1 页（巴黎，14 世纪上半叶末期）

111　这幅表现“自然”的锻炉的插图忠实地定格了铁匠的姿势。我们还能在页面下缘看到一幅准备草图，这也许本来是要擦掉的。

《玫瑰传奇》，法国国家图书馆，法语 802 号手抄本，第 105 页反面（巴黎，14 世纪上半叶末期）

113

113　让娜·德·蒙巴斯通误将卢克莱西亚表现为男性，反映了她工作的状况：她信赖红字标题，而不一定会去读原文。

《玫瑰传奇》，纽约，皮尔庞特·摩根图书馆，503 号手抄本，第 58 页反面（巴黎，14 世纪上半叶末期）

112　让娜·德·蒙巴斯通在这部手抄本中生动再现了 14 世纪画师（包括她本人）完全特殊的工作状况。我们在图画中可以看到一男一女（让娜和里夏尔？）正在工作。背景中，画好的双页（bifeuillet）正被静置晾干（对折的双页即手抄本的两页）。

《玫瑰传奇》，法国国家图书馆，法语 25526 号手抄本，第 77 页反面（巴黎，14 世纪上半叶末期）

112

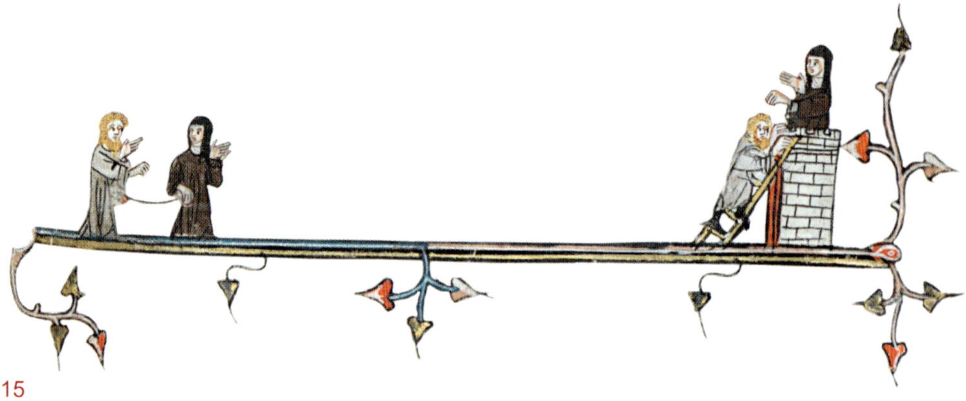

115

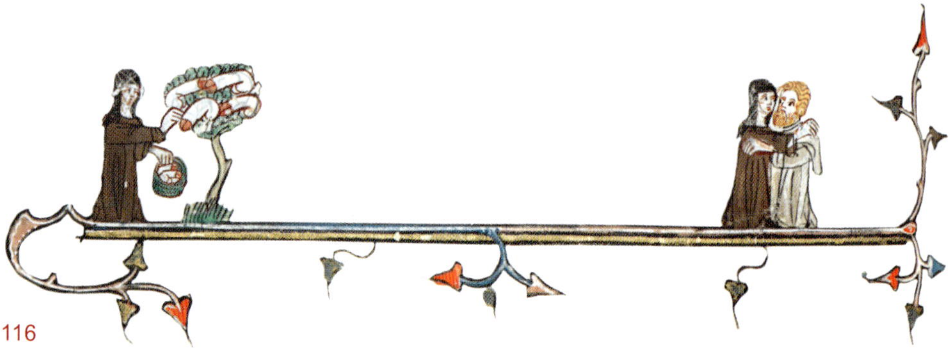

116

114　这部《玫瑰传奇》手抄本有一幅非常独特的插图。实际上，让娜用极为多样的素描填满了页面的下缘。为了实现这些页底设计，她可以利用丰富的图像素材，总之是还算流行的那些。这幅基督钉上十字架的场景除了其宗教含义之外，也体现出一种通常来说被广泛接受的文化。

《玫瑰传奇》，法国国家图书馆，法语 25526 号手抄本，第 52 页（巴黎，14 世纪上半叶末期）

115、116　本图中，让娜讲述了修女与修士偷尝禁果的历险故事。整套插图呈环形，始于 106 页和 106 页反面，一直延伸到 111 页和 111 页反面。让娜起先画了一页的侧边，随后将其翻转继续作画，却没有预料到之后整个书册会被重新编排。这些下流图画出自女性之手也许会让人出乎意料。对于这些插图，我们应该将其与中世纪的一些世俗物件相提并论，尤其像是塞纳河中发现的男性生殖器象征物。

《玫瑰传奇》，法国国家图书馆，法语 25526 号手抄本，第 106 页和第 106 页反面（巴黎，14 世纪上半叶末期）

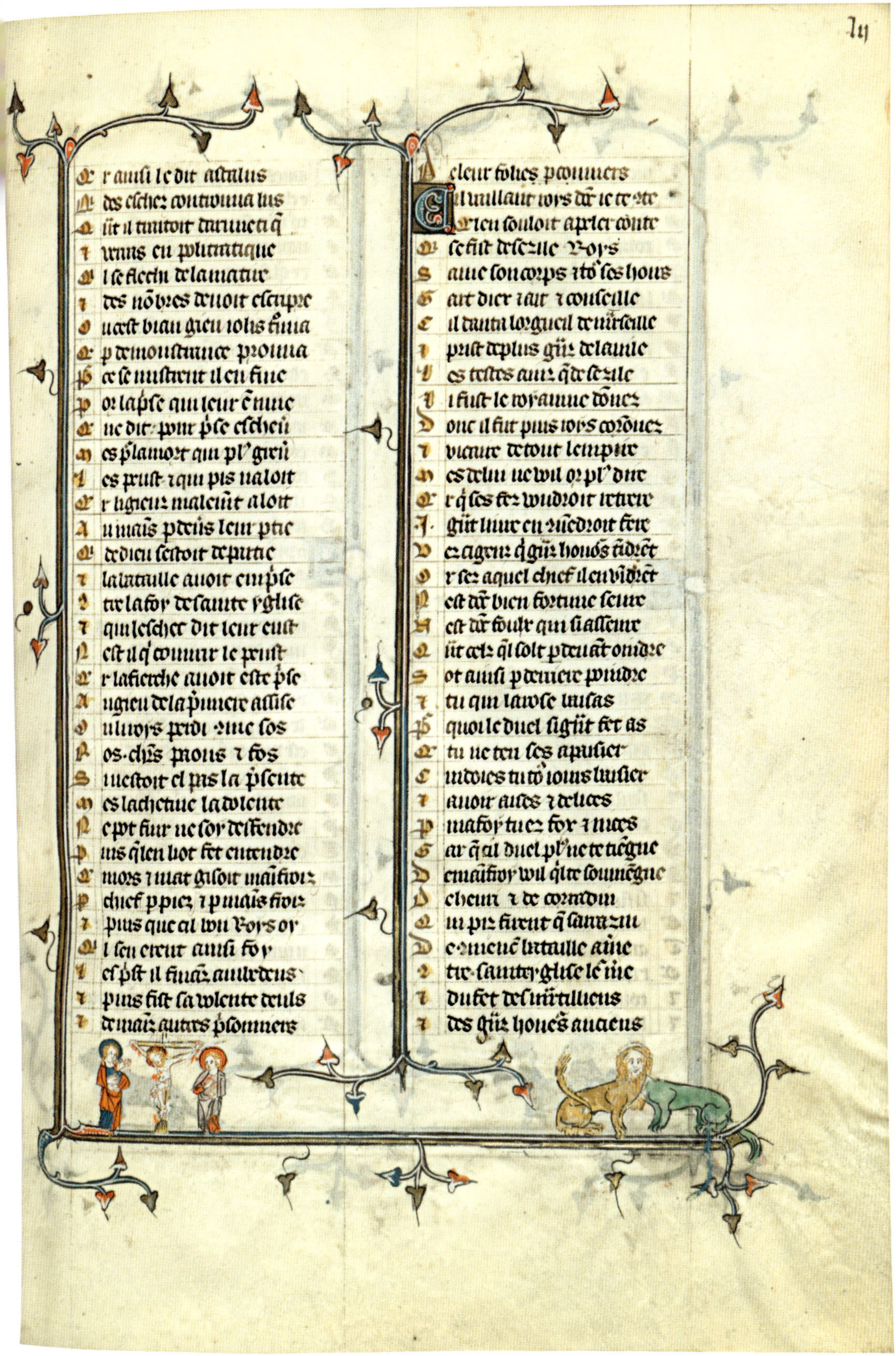

Le rommant de la rose Nouuellement imprime a paris 1519

印刷版的生产：《玫瑰传奇》的解读与传世

马蒂娜·勒菲弗

有为数众多的手抄本流传至今的《玫瑰传奇》在印刷术出现后仍在不断被传抄。有一些十分奢华的副本，如现存于纽约皮尔庞特·摩根图书馆，曾被献给弗朗索瓦一世的 948 号手抄本；还有存于大英图书馆，约 1490—1500 年抄写于布鲁日的哈雷（Harley）4425 号手抄本（曾献给拿骚伯爵恩格伯特二世［Englebert II］）都可以为此佐证。 图 119、120

在 1481—1538 年之间，相继出现过二十多个印刷版本，起先是对开（in-folio）本，然后是四开（in-quarto）本。1481 年左右，第一个印刷版本诞生于日内瓦，为我们展现了一系列具有表现力的木刻版画，忠实呈现了原文。但复刻它的几个版本都较为逊色，如里昂出版商若阿内斯·西贝尔（Johannes Siber）在 1485 年左右所出的版本，1487 年左右纪尧姆·勒鲁瓦（Guillaume Le Roy）的版本，以及 1493 年前巴黎的让·迪普雷（Jean Du Pré）版本。不过，后者还是仔细订正了文本，但在其中增加了一百零四行诗句，同时又减少了木刻版画的数量。这些增加的诗句在交予克莱芒·马罗修订前都被复制保留了下来。如果说由书商维拉尔（Vérard）在 1493 年 2 月后出版的对开本还用的是拼凑起来的木刻版画（部分来自其他作品），那他在 1505 年左右出版的四开本就展现了其原创的插图。毫无疑问，这将会是 16 世纪相继出现的最美版本。在此之后，纸张和印刷质量都趋于下降，插图数量也在减少。这样的情况反映了出版质量的下降，而面向的读者群手头更不宽裕。 图 117

1500 年左右，让·莫利内对《玫瑰传奇》进行了道德化改写，进而完成了第一个现代语译本。作品变成了散文体，被分为若干章节，并配

118 献给弗朗索瓦一世的手抄本所依据版本（见第 180 页图注）

图 85、124 上了富于寓意或神秘主义的评注，俨然一部新圣经。

另一部现代化印刷本在 1526—1538 年间稳步接连出了四版，它有
图 125 可能出自克莱芒·马罗之手。作者在序言中强调了解释的多样性：宗教的或世俗的、科学的、哲学的抑或炼金术的，都有可能是《玫瑰传奇》的言下之意。第一版是对开本规格，用哥特体印刷；第二版则与之不
图 126 同，是八开本，用的是罗马体。第二版尝试将这个中世纪文本的活字印刷形式现代化，但这种新的形式却没能继续发展下去。

1538 年后，《玫瑰传奇》长达两个世纪未再版。但人们在许多图书馆中总能看到它的身影，其中首屈一指的莫过于王室图书馆。

就如布鲁瓦（Blois）图书馆（1544 年）在 1874 号条目下提到的那样："散文体的《玫瑰传奇》，由带有玫瑰刺绣的白色大马士革缎包裹"。没过多久，查理九世（Charles IX）命人装订了四份手抄本，印上自己的纹章。让－安托万·德·巴伊夫（Jean-Antoine de Baïf）的十四行诗可能就是为一个类似的手抄本所作，"陛下，且听幻梦中的讯息……"（Sire, sous le discours d'un songe imaginé...），诗人也许打算将这首诗附在《玫瑰传奇》的一部印刷本上。在《诗集》第二卷，他同样为这部首先被当作爱情的艺术的作品写了几行诗：

Cette Vertu depuis a fait que pour sa Rose
Guillaume et Clopinel firent le beau Romant,
Où la gloire d'Amour et la force est enclose,
Pour instruire à aimer et l'ami et l'amant.

真是善举，为了"玫瑰"
纪尧姆和克洛皮内尔作了这部伟大《传奇》，
它囊括了"爱情"的荣光，富有力量，
教给友人和爱慕者爱的艺术。

一条印于16世纪时期某部印刷本上的注脚也传达了相同的理念：

« Deux cœurs conjoinctz font une heureuse vie. »	“两颗相连的心造就幸福生活。”

17世纪，人们仍旧在读《玫瑰传奇》，它也或多或少受到赞美。夏尔·索雷尔（Charles Sorel）在其《法国图书馆》（*Bibliothèque françoise*）一书中首先将《传奇》当作爱情的艺术——一种“风流之学”（galanterie），而布乌尔（Bouhours）神父在《艺术家与欧仁对话录》（*Entretiens d'Ariste et d'Eugène*）中却称这部作品不仅风格优雅，而且“学理深刻，因为从风流之学中我们也找到了奥秘”。布瓦洛（Boileau）则对《玫瑰传奇》颇有微词，在《诗的艺术》（*Art poétique*）中他写道：“……我们大部分古法语故事都是以混乱无序的诗句写就的，如《玫瑰传奇》及诸多其他作品。”

在那些负有盛名的藏书中，《玫瑰传奇》总是占有一席之地。比如诺曼底最高法院首席大法官克洛德·佩洛（Claude Pellot），也就是给科尔贝（Colbert）提供了大量藏书的人物，就在其书房珍藏了一本16世纪装订的棕色摩洛哥皮[1]、带王室纹章的《玫瑰传奇》。同样，掌玺大臣塞吉耶（Séguier）叫人用华丽的格子封面重新装订了维拉尔的一个带插图版本。 图121、122

18世纪初，《玫瑰传奇》被奉为法语诗歌最早的见证：“……出版于1305年的《玫瑰传奇》让我们的诗歌创作从一直延续到14世纪初的野蛮状态中摆脱了出来”，尼古拉·朗格莱-迪弗雷努瓦（Nicolas Lenglet-Dufresnoy）写道。他这样写也是遵循了许多收藏家的品位，比如西斯泰内·迪费伊（Cisternay Du Faÿ）和沙特·德·康热（Châtre de Cangé）就醉心于给精选书籍分类陈列，其中，“高卢古典”（antiquités gauloises）就占有很重要的位置。

同样，18 世纪 20 年代，法兰西文学院[2] 成了一场重要的中世纪文学运动的策源地。中世纪学潮流的始作俑者中有一个叫作卡米耶·法尔科内（Camille Falconet）的人，他在 1727 年呼吁学界编纂一部中世纪古法语词典。

正是在这一背景下，1723—1724 年，书商安托万 – 于尔班·库斯特里耶（Antoine-Urbain Coustelier）催促尼古拉·朗格莱 – 迪弗雷努瓦编辑维庸（Villon）、科基亚尔（Coquillart）、马罗、马夏尔·德·奥韦涅（Martial d'Auvergne）等人的作品。1724 年 2 月，《法国信使》（*Mercure de France*）的一则公告称朗格莱即将出版《玫瑰传奇》，4 月，这位书商表示大功即将告成。但这个版本从未面世，或许是由于其作者在 1724 年 3 月入狱，且书商也于同年辞世了。

同样，勃艮第学识渊博的藏书家、蒂洛（Tillot）的领主让 – 贝尼涅·吕科特（Jean-Bénigne Lucotte）在 1732 年左右搜集到了一部从克劳德·德·于尔费（Claude d'Urfé）藏书中流出的让·莫利内的《道德化版玫瑰传奇》。不过，这次收购的动机也许不仅仅在于维拉尔版本中有精美的插图，而且还应该与这位博学的古玩收藏家所著的《论〈玫瑰传奇〉的作者》（*Dissertation sur l'auteur du* Roman de la rose，未出版）有关。

图 123、124

迟至 1735 年，书商皮索（Pissot）的遗孀才出版了这版《玫瑰传奇》。在序言里，朗格莱 – 迪弗雷努瓦写道："……最近，读者又重新燃起对我们古代诗人的兴趣，促使一些作品能得到再版。我们应该从这部《玫瑰传奇》读起，严格意义上来说，它虽然不是第一部，但无疑是我们旧体诗中的翘楚。没有《玫瑰传奇》，我们就无法确切了解 14、15 世纪乃至 16 世纪诗人的美和特质。"也许是 1733 年面世的沙特·德·康热藏书编目吸引了学者和爱好者去关注中世纪文学。这个编目还帮助朗格莱为他给维庸、帕特兰（Pathelin）和科基亚尔的版本做注。

在这个出版学尚蹒跚起步的时代，朗格莱虽然不怎么声称自己是完全科学严谨的，但还是嘲讽了一些学者的做法："我比对了文本的不同版本和若干手抄本，但没有一个版本让我满意。我十分憎恨这些只知道比较手抄本、收集抄写者错误的学者，他们这样做完全不利于我们了解古代那些最好的作家。这就导致出现了这些内容各异的汇编，半吊子学者在上面花了大量精力，但并没有为其注入什么思想。比起作家的文本而言，他们对评论更感兴趣。"不过，他的工作并没有遭到所有人的鄙视，比如波尔米（Paulmy）侯爵就在这个版本的题前页上留下了旁注，赞扬它"毫无疑问是最完整也是学问和研究最丰富"的版本。

与此同时，让－巴蒂斯特·郎坦·德·达梅里（Jean-Baptiste Lantin de Damerey）也曾计划做一版《玫瑰传奇》。他本可以以托奈尔最小兄弟会修道院（minimes de Tonnerre）[3]、第戎耶稣会会士或布耶（Bouhier）大法官的手抄本为底本，推出一个更为严谨的版本。在发现朗格莱版本问世后，他放弃了自己的计划，仅仅是在1737年出版了朗格莱版本词典的补编，收录的词条更为精简，但有着充足的历史和文献学注释。

还有另一项词汇研究的工作，系由卷数甚多的《古法语词典》（*Dictionnaire de l'ancienne langue françoise*）的作者艾蒂安·巴尔巴赞（Étienne Barbazan）来担任的，和他校勘的《玫瑰传奇》一样，这本字典仅停留在未出版的手稿阶段。作者在同时也计划校勘《玫瑰传奇》。他依据王室图书馆的两份手抄本对文本进行编辑，细致记录了两者的差异，并指出了朗格莱复制维拉尔一个四开本版本中的诸多错误。

此外，一个晚于1770年、出自一位无名氏之手的《玫瑰传奇》校勘本也和巴尔巴赞的计划一样胎死腹中。在最初的三千七百多行诗句边上，不少中世纪词汇被用精细的字体标注上了现代法语翻译（我们在一 图127

份词典手稿中也找到了相似的字体)。该卷结尾处清点了王室图书馆两份手抄本的不同之处。出自于贝尔·帕斯卡尔·阿美龙(Hubert Pascal Ameilhon)之手的一部手抄本也做了类似的工作,核对了巴黎市立、王室图书馆还有孔戴(Condé)亲王图书馆所藏手抄本的差异。

就在这些专深研究不断进展的同时,《玫瑰传奇》也启发了一些面向大众的作品,比如亚历克西·皮龙(Alexis Piron)的喜歌剧(opéra-comique)《玫瑰与婚礼欢庆》(*La Roze ou les Festes de l'hymen*)。该剧于1752年上演,舞台场景是一个封闭的花园,正中间有一丛玫瑰,两旁还有代表着“占有”和“恶口”的两尊雕像。波尔米侯爵也正是考虑到普通读者,所以为“法国妇女”撰写了《论以阅读法语书为消遣》(*De la lecture des livres françois considérée comme amusement*)。该书出版于1780年,作者热衷于描述当时的品位和语言,在书中给出了《玫瑰传奇》的若干节选。同时他指出,这部作品“只有细节能让人愉快”,而能让我们深入细探的“东西不多”。

同样,还有一本献给一位夫人——莫普侯爵夫人(marquise de Maupeou)——的作品,即特雷桑(Tressan)伯爵在其《选集》(*Œuvres choisies*)(1788年)中出版的《玫瑰传奇》评注。在评注中作者颂扬了纪尧姆·德·洛里斯,同时又批评了让·德·默恩的诗句“想象缺乏热情,千篇一律,放荡和虔诚奇怪地混合在一起”。

在启蒙运动的时代,人们要么追随书商纪尧姆·德·比尔(Guillaume De Bure),将《玫瑰传奇》看作法语诗歌之首,要么就是像布瓦洛那样认为这是一部混乱无序的作品。对于这样一部反映了“法语古老而最初的纯真”的作品,人们的态度于启蒙时代在鄙夷与着迷之间摇摆。

NVTRISCO
ET EXTINGO

119　这部根据1519年米歇尔・勒努瓦尔版本（见图118）所抄写的插图版手抄本可以佐证，即使印刷术出现多时，但为了满足贵族或王室买家的需求，依然有手抄本被不断制作出来。装饰画作者在这里呈现了抄写者吉拉尔・阿卡里（Girard Acarie）正将作品进献给弗朗索瓦一世的场景。画面背景是一座文艺复兴风格的宫殿，其优雅的拱廊使得场景富有层次。这部豪华的手抄本插图数量十分丰富（一百零七幅），它们均匀地分布于整部作品之中，制作也极其精良（画师对建筑细节一丝不苟，人物肢体灵活，服装富有动感）。制作者在《玫瑰传奇》文本上增加了一些赞颂国王的诗句，用金色字体抄写，周边环绕着百合花和一只火蜥蜴。

《玫瑰传奇》，吉拉尔・阿卡里为弗朗索瓦一世抄写的手抄本，约1520年，纽约，皮尔庞特・摩根图书馆，948号手抄本，第4页正面

120 （见第177页图）虽然我们通常推定这份手抄本的年份为16世纪20年代，但图中圣米歇尔修会的项链用的是丝穗而不是卷缆饰，所以呈现的是1516年9月以前的情况。火蜥蜴——弗朗索瓦一世的纹章，能够出入火焰而毫发不损，在它上面是一句拉丁文格言“Nutrisco et extingo”（吾生之，吾灭之）。火蜥蜴尾巴末端呈现两个环形，也许是暗示国王母亲家族——萨瓦（Savoie）家族——的纹章。

《玫瑰传奇》，吉拉尔・阿卡里为弗朗索瓦一世抄写的手抄本，约1520年，纽约，皮尔庞特・摩根图书馆，948号手抄本，第3页反面

117 这是《玫瑰传奇》最早的印刷本之一，出版于1481年左右。文本第1页的排版忠实于手抄本排版，没有严格意义上的书名页：书的开篇是一个雕版插图，下面紧接着两栏文字。不过，这个画集中的图像相比中世纪《玫瑰传奇》表现手法的定则，还是有几处不同。画面左边，在沉睡者身边，"危险"的威胁似乎减弱了：大棒消失了，取而代之的是一根简单的棍子。画面右边，"爱慕者"跪倒在"闲散"跟前，摆出宣誓效忠的姿势——这在手抄本插图中是非常少见的。"闲散"则挥动着一把钥匙，这是她作为守门人的标志性象征。而中世纪手抄本的画师更喜欢在开篇图探讨镜子这一标志物，它具有知识和女性诱惑的双重象征意义。

手写的藏书签名也许属于伊萨博·格罗利耶（Ysabeau Grolier），她是艾蒂安·格罗利耶（Étienne Grolier）第三个女儿以及著名藏书人的妹妹。

《玫瑰传奇》，（日内瓦，让·克罗凯［Jean Croquet］，约1481年），法国国家图书馆，珍本馆藏第12号，第a2页正面

118（见第170页图） 现藏于纽约皮尔庞特·摩根图书馆，曾被献给弗朗索瓦一世（图119、120）的那部手抄本就是根据这个版本所抄写的。在这张雕版标题页上，我们可以看到画面左边是沉睡者和"危险"，画面右边，"爱慕者"正跪在手持"悦乐"之园钥匙的"闲散"跟前。

《玫瑰传奇》，巴黎，米歇尔·勒努瓦尔（Michel Le Noir），1519年4月12日，阿瑟纳尔图书馆，馆藏8-BL-8671号，第a1页正面

Cy commẽce le romãt de la rose
Ou tout lart damours est enclose.

Maintes gens dient
que en songes
Ne sont q̃ fables
et mensonges
Mais on peult telz
songes songier
Qui ne sont mye
mensongier
Ains sont apres bien apparant
Si en puis bien trouuer garant
Ung acteur renomme macrobes
Qui ne tint pas songes a lobes
Aincois escript la vision
Qui aduint au roy cypion
Quiconques cuide ne qui dye
Que ce soit vne musardye
De croire que songe aduienne
Et qui vouldra pour fol men tienne
Car endroit moy ay ie fiance
Que songe soit signifiance
Des biẽs aux gens et des ennuys
Que les plusieurs songent p̱ nuyts
Moult de choses couuertement
Que on voit puis appertement.

a 2

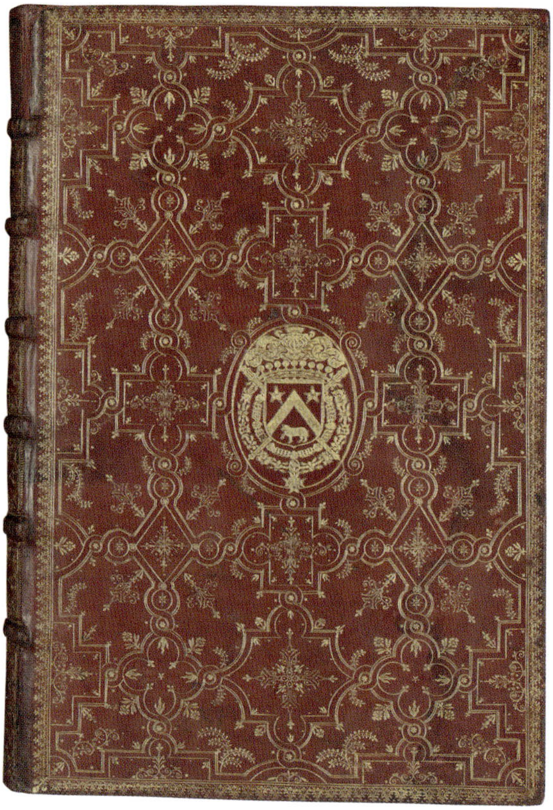

121

121　印有掌玺大臣皮埃尔·塞吉耶（Pierre Séguier，1588—1672年）徽章的这个精装封面应该是皮埃尔·罗克莱（Pierre Rocolet）和安托万·帕德卢（Antoine Padeloup）工坊于1650年左右制作的。上面装饰有烫金图案和拉丝纹路，其中有一条纹路是“小头”（à la petite tête）。它见证了17世纪收藏家对《玫瑰传奇》的兴趣。

《玫瑰传奇》，巴黎，可能是勒珀蒂·洛朗斯（Le Petit Laurens）献给安托万·维拉尔（Antoine Vérard）或让·珀蒂（Jean Petit）的手抄本，或晚于1493年，法国国家图书馆，犊皮纸馆藏578号，封面

122　这个版本应该是在1493年之后所出。开头的这幅插图被分成两个部分，这样的结构与1481年让·克罗凯版本里的结构保持一致（见图117）。不过，这一版本中，“危险”的棍子和“闲散”的钥匙却都消失了，只留下空空的手在空中挥舞。

《玫瑰传奇》，巴黎，可能是勒珀蒂·洛朗斯献给安托万·维拉尔或让·珀蒂的手抄本，或晚于1493年，法国国家图书馆，犊皮纸馆藏578号，第2页正面

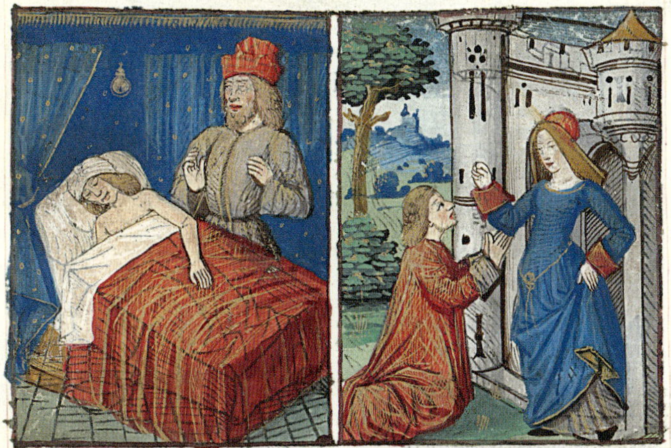

Cy est le rommant de la rose
Ou tout lart damours est enclose.

Maintes gens dient q̄ en songes
Ne sont que fables & mensonges
Mais on peult telz songes songier
Qui ne sont mie mensongier
Ains sont apres bien apparant
Si en puis bien trouuer garant
Ung acteur denomme macrobes
Qui ne tient pas songes a lobes
Aincoys escript la vision
Qui aduint au roy cipion
Quiconques cuide ne qui die
Que ce soit vne musardie
De croire que songe aduiengne
Et qui vouldra pour fol mentiengne
Car endroit moy ay ie fiance
Que songe soit signifiance
Des biens aux gens & des ennuyz
Que les plusieurs songent par nuytz
Moult de choses couuertement
Quon voit puis appertement
Au vingtiesme an de mon eage
Ou point quamours prent le peage
Des ieunes gens couchie mestoie
Une nuyt comme ie souloye
Et me dormoye moult formant
Si vey vng songe en mon dormant
Qui moult fut bel a aduiser
Comme vous orrez deuiser
Car en aduisant moult me pleut
Mais en songes onques riens neut
Qui aduenu du tout ne soit
Comme listoire le recoit
Or vueil ce songe rimoyer
Pour voz cueurs plus fort esgayer
Amours le me prie & commande
Et se nulz ou nulle demande
Comment ie vueil que ce rommans
Soit appellez que ie commans
Que cest le rommont de la rose
Ou lart damours est toute enclose
La matiere en est bonne & briefue
Or doint dieu quen gre la recoyue
Celle pour qui ie lay empris
Cest vne dame de hault pris
Et tant est digne destre amee
Quelle doit rose estre clamee
Aduis mestoit a ceste foys
Bien ay cinq ans & cinq moys
Que ou moys de may ie songoye
Ou temps amoureux plein de ioye
Quil ny a ne buissons ne haye
Qui en cellui temps ne sesgaye
Et en may parer ne se vueille
Et couurir de nouuelle fueille
Les boys recouurent leur verdure

123

123 克劳德·德·于尔费（1501—1558年）的藏书中有相当一部分是用绿色天鹅绒装订而成的，封面中央镶嵌有收藏家的纹章，四角则是镀金铜浮凸装饰。就这本《道德化版玫瑰传奇》而言，印有克劳德及其夫人让娜·德·巴尔扎克·德·昂特赖格（Jeanne de Balzac d'Entraigues）两个人姓名首字母的纹章和镀金铜角是在18世纪用橄榄色摩洛哥皮重新装订此书时更换上去的。

让·莫利内，《道德化版玫瑰传奇》，巴黎，安托万·维拉尔，约1511年，法国国家图书馆，犊皮纸馆藏1102号，封面

124 除了两部《玫瑰传奇》手抄本外，克劳德·德·于尔费的藏书里还包括了这部安托万·维拉尔出版的莫利内的《道德化版玫瑰传奇》。这本书被印在小牛皮纸上，页面上画线对齐，配有装饰画，遵循手抄本工艺。开篇场景展现的是作者坐在书托架前展示自己的作品（这遵循的是14世纪以后写成的文本所固有的传统）。这种场景在《玫瑰传奇》的中世纪图像学传统中是找不到的，即文本代表着权威，没有“被展示”的必要。克劳德——这部作品的第一位收藏者——的纹章在序言下方可见。

让·莫利内，《道德版玫瑰传奇》，巴黎，安托万·维拉尔，约1511年，法国国家图书馆，犊皮纸馆藏1102号，第b1页正面，序言

Le prologue

[N]E suffist a vostre tres/
haulte seigneurie pro
sperāt en fleur de ieu/
nesse militer soubz le
triūphant estādart de
mars le grāt dieu des
batailles dont vo⁹ auez veu les exploitz
plus q̄ nul prince de vostre aage se auec
ques ce comme embrase dardant desir es
prins damoureuses estincelles ne desirez
estre champion des dames ensuyuant le
tresplaisant guidon de venus deesse da=
mours. Dont iasoit ce que les arcz / les
dartz / les lances et les harnoys de lamou
reuse artillerie soient de plus tendre trē=
peure que ceulx de guerre que lon forge
a milan. Touteffois quant ilz sont sub=

b i

¶Le rommant de la rose
Du tout lart damour est enclose

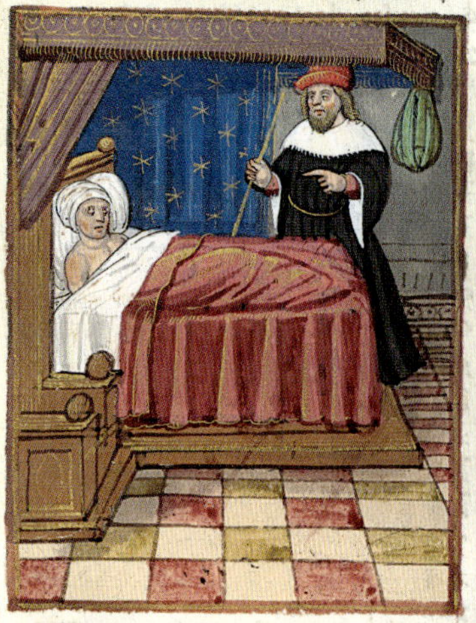

Maintes gẽs võt disant que sõges
Ne sont que fables & mensonges
Mais on peult tel songe songer
Qui pourtant nest pas mensonger
Ains est apres bien apparent
Si en puis trouuer pour garant
Macrobe vng acteur tresaffable
Qui ne tient pas songer a fable
Aincoys escript la vision
Laquelle aduint a Scipion
Quiconques cuyde ne qui die
Que ce soit vne musardie
De croire quaucun songe aduienne
Qui vouldra pour fol si men tienne
Car quant a moy iay confiance
Que songe soit signifiance
Des biens aux gens et des ennuytz
La raison/on songe par nuytz
Moult de choses couuertement
Quon voit apres appertement.

Macro/be sur le sõge de scipion.

Sur le vingtiesme an de mõ aage
Au poit quamours prẽt le peage
des ieunes gẽs coucher malloye
Vne nuyt comme ie souloye
Et de fait dormir me conuint
En dormant vng songe maduint
Qui fort beau fut a aduiser
Comme vous orrez deuiser
Car en aduisant moult me pleut/
Et oncques riens au songe neut
Qui du tout aduenu ne soit
Comme le songe recencoit.
¶Lequel vueil en rime deduire
Pour plus a plaisir vous induire
Amours men prie et le commande.
Et si daduenture on demande
Comment ie vueil que ce rommant
Soit appelle saches amant
Que cest le rommant de la rose
Ou lart damour est toute enclose.
La matiere est belle et louable
Dieu doint quelle soit agreable
A celle pour qui iay empris
Cest vne dame de hault pris
Qui tant est digne destre aymee
Quelle doit rose estre clamee.

Auis mestoit a celle foys
Bien ya cinq ans et six moys
Que ie songeoye au moys de moy
Au temps amoureux sans esmoy
Au temps que tout rit et sesgaye
Quon ne voit ny buysson ne haye
Qui en may parer ne se vueille
Et courir de nouuelle vueille
Les boys recouurent leur verdure
Qui sont secz tant que lyuer dure
Terre mesme fiere se sent
Pour la rosee qui descend
Et oublie sa pourete
Ou elle a tout lyuer este
En effect si gaye se treuue
Quelle veult auoir robe neufue
Et scait si cointe robe faire
Que de couleurs a mainte paire
Dherbes et fleurs rouges et perses
Et de maintes couleurs diuerses
Est la robe que ie deuise

Descrip/tiõ du temps deste.

125 （克莱芒・马罗修订本初版第 A1 页正面、第 A2 页正面）

Au meillieu haine ſe remyre
Qui par faulx rapportz et pyre
Deſcription de hayne. Sembloit bien eſtre mouuereſſe
De noyſes auſſi tancereſſe
Et bien reſſembloit ceſt ymaige
Femme de treſmauuais couraige
Dhabitz neſtoit pas bien ornee
Le viſaige auoit tout fronce
Le nez large/et loeil enfonce
Fleſtrye eſtoit et enroillee
Et par la teſte entortillee
Hydeuſement dune touaille
De treſorde et villaine taille.

¶ Felonnie.

Une autre ymage mal raſſiſe
Et fiere a veoir/ y eut aſſiſe
Deſcription de felonie. Presd̃ haine a ſeneſtre delle
Sur ſa teſte ſon nom rebelle
Uy eſcript ceſtoit felonnie
Et dicelle pas ie ne nye
Que bien ne fuſt a ſa droicture
Pourtraicte ſelon ſa nature
Car felonnement eſtoit faicte
Et ſembloit collere et deffaicte.

¶ Villenie.

Lautre ymaige ap̃s felonnie Deſcription de villenie
Eſtoit nommee villenie
Seãt presde haine ſur deſtre
Et eſtoit preſq̃ de tel eſtre
Que les deux et de tel facture
Bien ſembla faulce creature
Meſdiſante et trop courageuſe
Ainſi que femme oultrageuſe
Brief bien ſcauoit paindre ꝛ pourtraire
Cil qui tel ymaige ſceut faire
Car bien ſembloit choſe villaine
De deſpit et de choſe villayne
Et femme qui bien peu ſcauoit
Honnorer ce quelle deuoit.

¶ Couuoytiſe

Le Rommant de la Roſe nou-
uellement Reueu et corrige
oultre les precedentes
Impreſſions

¶ On le vend a Paris par Galliot du pre Li-
braire iure. ayant ſa bouticque
au premier pillier de la
grant ſalle du
Pallays.

1529

125 （见第 186—187 页图）这是克莱芒·马罗修订本的初版，它依然没有打破以往的编辑传统：哥特字体，两栏排版，彩绘大写首字母及雕版画，等等，无不将它与手抄本传统联系起来。

《玫瑰传奇》，巴黎（安托万·库托［Antoine Couteau］），加利奥·迪普雷（Galliot Du Pré），让·珀蒂，约 1526 年，法国国家图书馆，犊皮纸馆藏 1100 号，第 A1 页正面及第 A2 页正面

126　这个版本采用了罗马字体，打破了中世纪传统，将《玫瑰传奇》的呈现方式现代化。标题下方配了一幅小插图，反映的是“爱慕者”摘取玫瑰这最后一个场景。一些版本学家根据书上赠予者的题款将这个版本归于克莱芒·马罗。

《玫瑰传奇》，巴黎，加利奥·迪普雷，皮埃尔·维杜（Pierre Vidoue），1529 年（或 1530 年）3 月，法国国家图书馆，阿瑟纳尔图书馆，馆藏 8-BL-8672 号

127　1735 年朗格莱－迪弗雷努瓦版本的一些页面被用来书写词汇表。除了拉屈尔讷·德·圣－帕莱（Lacurne de Sainte-Palaye）以及巴尔巴赞所做的重要工作之外，18 世纪还有不少作者曾尝试描述古法语，相继将其命名为古日耳曼语、凯尔特语、高卢语、罗曼斯语或者奥斯特拉西亚语。

《玫瑰传奇》，1735 年以后，阿瑟纳尔图书馆，5871 号手抄本，第 24 页正面（1735 年后）

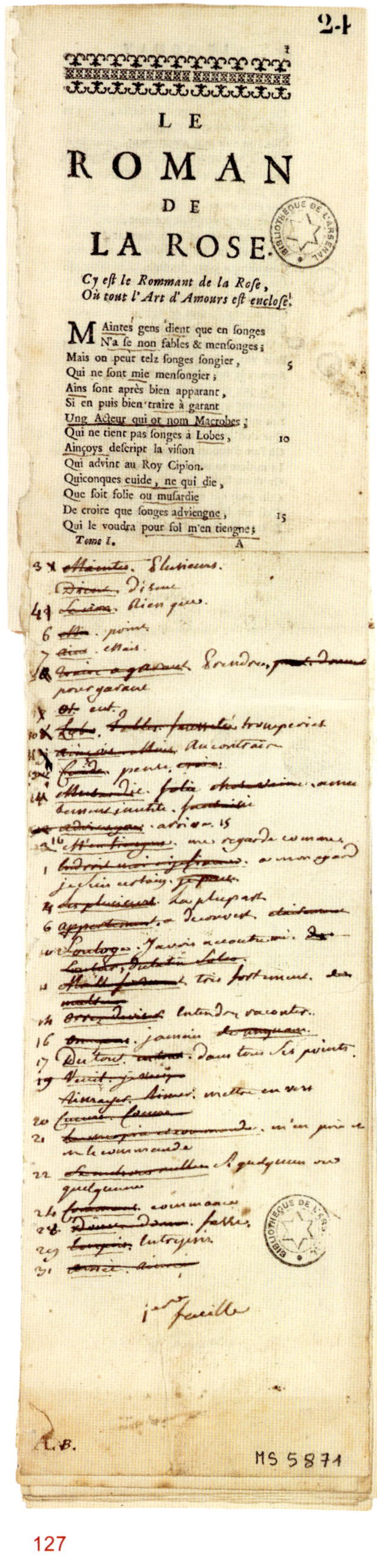
24

LE

ROMAN

DE

LA ROSE.

Cy est le Rommant de la Rose,
Où tout l'Art d'Amours est enclose.

Maintes gens dient que en songes
N'a se non fables & mensonges ;
Mais on peut telz songes songier,
Qui ne sont mie mensongier ;
Ains sont après bien apparant,
Si en puis bien traire à garant
Ung Acteur qui ot nom Macrobes ;
Qui ne tient pas songes à Lobes,
Ainçoys descript la vision
Qui advint au Roy Cipion.
Quiconques cuide, ne qui die,
Que soit folie ou musardie
De croire que songes adviengne,
Qui le voudra pour fol m'en tiengne ;

Tome I. A

127

Quant elle m'avoit defferme
Le guichet du vergier rame
Des ores si com je sauray
Vous compteray comment jouiray
Premier de quoy deduit servoit
Et quel compaignie il avoit
Sans longue fable vous vueil dire
Et du vergier du tout atire
La facon vous rediray puis
Tout ensemble dire ne puis

Mais tout vous compteray en ordre
Que on n'y sache que remordre
Grant service doulx et plaisant
Aloient ces oiseaux faisant
L'art d'amours souef et courtoys
Chantoient en leur serventoys
L'ung en hault et l'autre bas
De chanter n'estoient jamais las
La doulceur et la melodie
Me mist au cueur grant resbaudie

La karole du vergier

Mais quant j'oy escoute un poy
Les oyseaux. tenir ne me poy
Qu'en dan deduit veoir n'alasse
Car a savoir moult desirasse
Son contenement et son estre
Lors m'en alay tout droit a dextre
Par une petiote sente
Plaine de fenoul et de mente

《玫瑰传奇》现状

玛丽－埃莱娜·泰尼埃

19世纪中叶，尼扎尔认为《玫瑰传奇》堪称一部“开启了法国诗歌史”的著作。他认为其中既有纪尧姆·德·洛里斯那近乎天真、“可爱的善良”，又有洞察世事、事事加以评判的让·德·默恩“大胆而积极的哲学”。这两者构成了法国古典精神的两面。* 让·德·默恩的“道貌岸然”正是莫里哀笔下伪君子达尔杜弗的雏形，它的纵欲主张也是蒙田和拉封丹理念的前身。

长期以来，文学评论界就这样以模棱两可的方式理解《玫瑰传奇》，既承认它在中世纪文学史中占有重要的地位，同时，也对其有着苛刻的评价，认为它冗长、老旧、乏味。作为皮桑和让·热尔松可敬的继承者，文学评论界最近又将纪尧姆·德·洛里斯精致优美的诗歌与让·德·默恩“不成型、混乱、百科全书般鱼龙混杂，只想着将古典知识庸俗化”** 的那部分作品对立了起来。

得等到费利克斯·勒夸的那个权威版本（于1965—1970年间，收于“中世纪法国经典”丛书发行）及其细致的评注问世，中世纪的文化研究者们才得以欣赏到这部法国文学大作的整体风貌。此后，出现了不少值得关注的研究：《玫瑰传奇》在中世纪的接受（皮埃尔－伊夫·巴代尔和埃里克·希克斯）、《玫瑰传奇》的结构（达尼埃尔·普瓦里翁

* 德茜蕾·尼扎尔（Désiré Nisard），《法国文学史》（*Histoire de la littérature française*），巴黎，F. 迪多兄弟（Didot frères），1854年第二版，第一卷，第152页及第147页。

** 让·迪富尔内，《〈玫瑰传奇〉的构思与哲学》（*Le dessein et la philosophie du* Roman de la rose），《匈牙利科学院文学学报》（*Acta litteraria...*），第二十三卷，第177—214页，尤其见第182页。

128 “悦乐”之园外的加罗勒舞（见第195页图注）

[Daniel Poirion])、其中的拟人形象（阿尔芒·施特鲁布尔）。在鲁汶（Louvain），在拉古纳（Laguna），学者们汇聚一堂召开了数次研讨会。

得益于对《玫瑰传奇》研究的整体把握，在“重读”和理解这部不时令人觉得晦涩难懂的诗作方面涌现了更多贡献良多的成果。其中就包括了罗歇·德拉戈内提那篇引人入胜的文章，讨论了作者的梦境，对两场梦中历险 * 分而论之；还有米歇尔·赞克谈论了诗中“自然”的两种诗意，纪尧姆·德·洛里斯“春天般的”自然和让·德·默恩笔下作为“创世主”的“自然”，两者被《玫瑰传奇》整合到了一起。** 这位专家在前半部作品的基础上评论说，让·德·默恩根据自己的构思，不乏幽默地塑造了《传奇》的开头——在追求玫瑰之初，被夜莺、鹦鹉、云雀的歌声所吸引的“爱慕者”（第 67—78 行）采摘玫瑰的那一刻不就成了捕鸟人吗？他躲在灌木丛中，用温婉的调子引诱那些不谙世事的小鹌鹑们陷入罗网（第 21495—21510 行）。而在今天，新技术使得研究者能够看到近乎过半的带插图的《玫瑰传奇》手抄本，而这些新技术无疑也会给新一代学者带来新的发现。

研究者着手与更广泛的读者分享阅读和品鉴《玫瑰传奇》的乐趣已经有些时日了。比如阿尔芒·施特鲁布尔于 1992 年在《哥特文丛》中出版了《玫瑰传奇》的译本（本作也对此译本借用颇多），以及由菲利普·勒博（Philippe Lebaud）于 1997 年出版，米歇尔·卡泽纳夫（Michel Cazenave）、达尼埃尔·普瓦里翁、阿尔芒·施特鲁布尔和米歇尔·赞克参与撰写的《中世纪爱的艺术》也以精美华丽的图像展示了《玫瑰传奇》。毋庸置疑，本作以及 2012 年 11 月 6 日到 2013 年 2 月 17

* 《皮格马利翁或〈玫瑰传奇〉中的虚构的陷阱》……（*Pygmalion ou les piège de la fiction dans le* Roman de la rose...），1978 年。

** 米歇尔·赞克（Michel Zink），《自然与诗》（*Nature et poésie*），巴黎，法雅尔出版社，2006 年，第 201—208 页。

日于阿瑟纳尔图书馆中举办的展览也以其独特的方式为这部作品的传播添砖加瓦。

129

129　“爱慕者”来到了由“财富”把守的“过度付出”之路（第10055—10072行）：

一口清澈的小泉旁，
我想念着新玫瑰，
我看见一处十分惬意的佳地，
一位权势尊荣的夫人，
身形优雅，仪态动人，
坐在榆树的树荫下，
她的友人依偎在一旁。
我不知道他的名字，
但夫人名叫“富裕”，
她出身万分高贵，
把守着一条小径的入口……

（Jouste une clere fontenele, / Pensant a la rose nouvele, / En .i. biau lieu trop delitable, / Dame poissant et honorable, / Gente de cors, bele de forme, / Vi ombraier desouz .i. orme / Et son ami dejouste li ; / Ne sai pas le non de celi, / Mais la dame avoit non Richece, / Qui mout estoit de grant noblece. / D'un senteret gardoit l'entree...）

《玫瑰传奇》，法国国家图书馆，法语1567号手抄本，第73页（巴黎？近14世纪中叶）

128（见第 190 页图） 在“闲散”的带领下，“爱慕者”凝视着正在小号声中跳着加罗勒舞的年轻人。我们可以注意到“悦乐”之园方形的形状。

《玫瑰传奇》，法国国家图书馆，法语 19153 号手抄本，第 7 页（安茹，约 1460 年）

130（见后页图） 紧扣《传奇》的文本（第 10589 行），画中的两位作者坐在书桌前，写下了各自文章的开头；左边，纪尧姆·德·洛里斯写的是：“人云梦境皆虚幻……”

《玫瑰传奇》，法国国家图书馆，法语 24390 号手抄本，第 29 页（巴黎，14 世纪上半叶初期）

131（见第 208 页图） 这幅插图上圆形的样式试图体现出《玫瑰传奇》是爱恋者的镜子，也是世界之镜的寓意。环形也是《传奇》结尾中所描写的羔羊之园的形状。

《玫瑰传奇》，国民议会，1230 号手抄本，第 3 页（巴黎，14 世纪上半叶初期）

Plaier ne puis mal m'en
De jalousie est vos vos dure
Et vos fet ennui et laidure
Si fetes semblant e contraire
Du dangier qui le vos moustre
Or vengiez au mains en penitance
Mes vos ne poez autrement
Et vos ainsi le fetes
Je me tendroie a bien paiez
Mes je sui en moult grant doute
Que vos ne faciez pas ainsi
Si avez que maugre mien savez
Un mainz pour ce que vos avez
Seez par moi mise en prison
Mieus ce pas par mesprison
J'ai encore vers vous fete
Que par moi ne fu retraite
Ilec qui a celer feist
Si me poise de dire mais
Puis que vous de la mesestance
Car j'en achete la penitance
Plus grant que nuls ne porroit dire
Pour poi que je ne fons d'ire
Quant il me membre de ma perte
Qui est si grant et si aperte
Et ai paor et desfroi
Ne me donrez ce cuit la mort
Et doi je bien avoir paour
Quant je voi que losengeour
Traiteur et envieus
Sunt de moi nuire envieus

de ce

Hee bel acueil je sai de voir
Qu'il vous beent a decevoir
Et fere tout par leur favelle
Vous trairent a leur cordelle
Et ramenent si com il fet
Je ne sai or comment il vet
Mes durement en sui esmaiez
Que oubliez ne m'aiez

Bien ai duel et desconfort
Jamés n'iert riens qui me conforte
Se je pert vostre bien vueillance
Car je n'ai mes ailleurs fiance
Et si l'ai perdu espoir
A poi que ne m'en desespoir

Comment mestre Jehan
De meun le parfist a la requeste
Mestre Guill. de lorris. etc.

Desespoir. las
Je non ferai
Ja ne m'en
desespererai
Car s'esperance
m'iert faillant
Je seroie trop mal vaillant
En li me doi reconforter
Car amors pour mieus mes max porter
Me dit qu'el me garantiroit
Et qu'avec moi par tout seroit
Mes de ce que je ai a fere
Elle est courtoise et debonere
Je n'est de nulle riens certaine
Mes les amanz en grant paine
Et el ne tendra ja convent
Si est pis se Dieus m'ament

译注

中文版序言

1 Roman 原指用罗曼语写就的文学作品，并无“传奇”之意。《玫瑰传奇》是如今中文世界较普遍的翻译。民国时，译界曾用译名《蔷薇花》(袁昌英译，1923)、《玫瑰花之故事》(王维克译，1925)、《玫瑰小说》(王茗青译，1933)等，似更贴合本意。

2 指西欧中世纪与拉丁语相对的本土语言，如罗曼语系中的古法语。

3 在语文学范畴，“科学校勘本”(édition scientifique)指对原文进行分析、订正、誊写与诠释后的校勘成果。“科学”指现代的实证研究方法，具体体现在校勘过程的可证伪性，即校勘出的每个结果都在一手资料中有迹可循，同时说明并严格遵循校勘方法。

4 “中世纪爱的艺术：玫瑰传奇”展览，于 2012 年 11 月 6 日至 2013 年 2 月 17 日举办，策展人即纳塔莉·科耶和玛丽 - 埃莱娜·泰尼埃。本书法文版于展览举办之际出版。

原版序言

1 “典雅文学”(littérature courtoise)又译“风雅文学”“宫廷文学”，发源于法国中世纪南方奥克语地区，往往将贵族女子与骑士的爱情置于赞颂中心。“典雅”(courtoisie)逐渐从宫廷文人的文学传统，成为一种生活方式。

2 泛指私人或机构多年传承下来的藏书。

导言

1 即使用奥克语的南方吟游诗人(troubadour)和使用奥依语的北方吟游诗人(trouvère)。

2 作为拟人形象的“爱情”与此处的“爱神”有微妙的不同。前者是某种感情与心理，而后者代表了将这种感情或心理付诸行动。

3 或派生自拉丁语 francus，法兰克人，自由人。其原词义即享有自由权，有“自主”“高贵”之意。

4 字面意思为“再度变绿”，取万物回春之意。

5 同为拟人形象，“占有”(Jalousie)是指想独占并圈禁玫瑰不让“爱慕者”接近，代表了社会层面的障碍，须与“眼红”(Envie)加以区分。Jalousie 一词与 zèle 同源，最核心的意旨是对某一事物或人的热忱，由热忱引出独占欲和排他的敌对。

6 指理想的爱情和社会生活：无欲无求、天真单纯、人人平等、四季如春等。

7 皆为以坚贞闻名的女性。

8 指手抄本抄写地，加问号为推断出的地点，下文同。

130 “因纪尧姆停笔，让续之”(Car quant Guillaumes cessera, Jehans le continuera)，第 10591—10592 行(见第 195 页图注)

《玫瑰传奇》：叙事

1 La carole 既可以是一种加罗勒舞，也可以是对舞，以表现拟人形象的和谐相处，同时也是中世纪高级娱乐的象征。

2 “被箭射中”是古典时代对陷入爱河的经典比喻，产生爱情的瞬间被认为是一种可以在身体层面上感知到的创伤。此处的五只箭矢象征的都是女性特质：外表美丽、平易近人不高傲、高贵典雅、愿意陪伴爱人、待爱人亲切等。

3 即上文的“叙述者”。

4 拟人形象的性别遵循其名称的语法性别。

5 指“爱慕者”追求玫瑰的情节。

6 中世纪活跃于现荷兰和比利时地区的未发愿的修士，以女性为主，原荷兰语意为乞讨的修士。该修会强调虔诚而安于贫穷等，此处具有讽刺意。

7 直译为“披上僧袍也做不了和尚”。

8 此处“科学”一词应该按拉丁语词源理解为知识（动词 scire，知道），而非现代的实证方法。

9 法国学者一般用“上缘”（marge supérieure）、“下缘”（marge inférieure）、“内缘”（marge intérieure，靠近装订处）、“外缘”（marge extérieure，靠近外沿）来描述一页手抄本文字四周的空白。

10 西欧中世纪认为爱情的产生于五感（即视觉、听觉、嗅觉、味觉、触觉），尤其是视觉，所以箭由眼睛射入，最后到达心脏。中世纪工艺品“独角兽挂毯”所呈现的就是“五感”。

11 enluminure，往往指中世纪特装宗教书籍和文稿的彩色装饰字母、小彩画等装饰画。

12 兔子的古法语为conin，与女性生殖器官字形相似。参见布律诺·鲁瓦（Bruno Roy），《美女和野兽：中世纪女性动物志面面观》（*La belle e[s]t la bête : Aspects du bestiaire féminin au Moyen Âge*），载《法国研究》（*Études françaises*），10（3）期，1974 年，第 309—317 页，见第 327 页。

13 被省略的部分有“将袖管撩起”，以及“如果愿意，可以脱衣”等句，此处接续为“赤裸的双手”。

爱的艺术：写作与诠释

1 lieu merveilleux，指超自然的地点。例如《玫瑰传奇》里的花园、《寻找圣杯》里渔人王的城堡。

2 这几句中的“美丽”“单纯”“高贵”“陪伴”“亲切”即上文所说的五根箭矢。

3 在一些手抄本插图中，可以见到做梦者将袖子系起来的场景（中世纪袖子的一种，上部分打开，穿的时候由绳子相连），这种服饰暗示了做梦者的贵族身份，表示作品处于典雅爱情的世界。有的研究者亦将服饰描写理解成一种书写的暗喻。

4 生活于古罗马共和国时期。维尔吉尼娅被执政官垂涎，沦为女奴。其父维尔吉纽斯为将女儿从耻辱中解救出来而将其杀死。

5 公元前 6 世纪吕底亚（Lydia，位于今小亚细亚半岛的古国）末代国王，以富有著称。

6 曼弗雷德一世是 13 世纪的西西里国王，贡拉丹为其侄子。

7 trobar clus 更晦涩，多用隐晦的符号或意象，而 trobar leu 的内容则更为清晰易懂。

8 提布鲁斯是古罗马诗人，擅写挽歌。曾

写过“pereantque arcus, pereantque sagittae”等句（“折断你的弓、折断你的箭”，意为祈求爱情不要折磨凡人了）。

9 此处作者原注为：“经文歌可以是宗教或世俗题材，可以分二至四个声部演唱。treble 一词派生自拉丁语 triplum（三倍的），指由三个声部演唱的歌曲。teneure 在音乐领域指重唱中的低声部。”但从文意看，这里似指经文歌的三个声部，motet 为与下声部相对的对位声部（后来转指整首作品），treble 为第三声部，teneure 为下声部。

10 此处指手抄本中文本的选择、顺序等“超越文本自身”（paratextuel）的信息。

11 法国中世纪文学的一个类别，多为篇幅较短的叙事诗。Fabliau 一词来自拉丁语 fabula，意为“短小的故事”或“韵文故事”。

12 原文为 disponibilité，意为“为某事做好准备”的状态，即年轻女子已经准备好接受爱情。

13 法语 qu'en-dira-t-on 一词字面意思为“别人会说什么呢？”，意为“闲话、飞短流长”。

14 基督教概念，指一面注视着上帝，一面以其来指导生活。后世哲学家多借用这一概念。

15 即诸多正面拟人形象。

16 该词本意特指朝圣者的手杖。

17 原文“阳”与“阴”为拉丁语指示词“这”的阳性（hic）和阴性（hec）。在此处，《玫瑰传奇》似乎引用了 12—13 世纪作家戈蒂埃·德·宽西（Gautier de Coincy）的诗句：“La grammaire hic a hic acouple, / Mais Nature maudit la couple. [...] / nature rit, si com moi samble, / Quant hic et hec joignent ensamble.”诗句语义双关：在攻击同性行为的同时，作者认为拉丁语的语法需要被更为高级的自然语法改进。

18 对中国读者而言，“铜盆”“雏鸡”等比喻或许略显奇特。西欧中世纪对于“金黄”的定义比现代人要宽泛，黄铜色也是金黄（blond）的一种。也有研究者认为“铜盆”其实是花毛茛（又称洋牡丹）的代称；“铜盆”与“雏鸡”这两个比喻营造出一种田园氛围。参见米莉亚姆·罗兰－佩兰（Myriam Rolland-Perrin）的《如金子般黄：中世纪女性的头发》（*Blonde comme l'or : La chevelure féminine au Moyen Âge*），普罗旺斯大学出版社，2010 年，第 135 页。

19 “奥尔良式的鼻子”这一戏谑的表达自 13 世纪就存在了，又称“Les camus d'Orléans”，指短而扁的鼻子。

20 基督教意象。和合本《圣经》作“耶西之根株必将萌蘖”，耶西是大卫王之父，指其世系必将绵延。而耶稣也是该世系的苗裔之一。基督教信仰中认为这预言了耶稣的降临。

21 指13世纪由《拉丁通俗译本》（*Vulgate*）翻译成罗曼语的《圣经》译本。

22 古法语中爱情一词为阴性。

23 中世纪研究中对手抄本中一类首字母装饰的描述。

24 《梨子传奇》是一部模仿《玫瑰传奇》的 13 世纪寓言故事。一个贵族女子咬了一口梨子，并将其递给她的追求者，梨子亦甜亦苦的味道如爱情一般渗入了后者的心。作者名为提堡，后人对他了解不多。

25 在中世纪，野兔象征着“性”，见上篇注释 12；而雄鹿以其无辜受难的形象在中世纪基督教文化中被视作基督的象征。

26 此为典型的一例中世纪时学者对词与物联系的理解。他们认为可以通过解释一个事物的名字（从词源等角度）来发现事物的本质。

27 意大利城市，中世纪时银行业十分发达，是当时的大城市之一，在诗歌铺陈中常常与“巴黎”押韵。

28 中世纪时，人们认为鹈鹕以自己的血肉喂养小鸟，并将其类比为将血肉喂养世人的耶稣。

29 这一动作的含义十分丰富。中世纪时，贵族服饰在穿着时会将袖子缝起。这既有社会层面的含义（即做梦者的社会地位较高，符合典雅爱情语境），也有文学层面的含义（缝制衣服常常被拿来和写作类比）。在此特别感谢纳塔莉·科耶和玛丽－埃莱娜·泰尼埃为此注所做的贡献和补充。

30 希腊神话中的神山。

31 火炬在传统意义上并不是维纳斯的标志，而是纪尧姆·德·洛里斯的原创。需要提及的是，在对作者影响颇大的《心灵冲突》中，象征色欲的“Libido”也手持火把。见卡洛斯·阿尔瓦尔（Carlos Alvar），《“闲散”、维纳斯和“淫荡”：三个女人和一面镜子》（*Oiseuse*, *Vénus*, *Luxure : trois dames et un miroir*），载《罗曼语》（*Romania*），第106册，第421号，1985年，第108—117页。

“涵义”与警句:《玫瑰传奇》的教谕

1 该词于14世纪时就有了“交媾”的引申义。

2 原文为拉丁文“Pro et contra mulieres, pro et contra conubium”。

3 即让·德·默恩。

4 指以“友情”为榜样，规范“爱慕者”对玫瑰的爱意。

5 这一概念首先由亚里士多德提出，指以地球为中心的宇宙系统中，月亮以下的部分。这个部分含有四种易朽的元素，与不朽的“月上系统”相对。

6 古希腊哲学家认为大世界（宇宙、自然等各类事物）在小世界（人）上有所体现。类似于中国古代哲学家天人合一的概念。

7 即描述性的天文学著作。该词的希腊语词源意为“对世界的描述”。

8 即对贵族女子爱而不得之苦，婚外情所导致的爱与婚姻的冲突亦是常见的困境。

9 即前文所提到的词与物之辩。作者使用许多带有猥亵意味的词语，同时借“理智”之口表明词只是符号，与物是割裂的，所以使用这些词语并没有关系。

10 即上文所提到的“经院哲学辩论”，是中世纪大学的一种教学方法，通过双方展开论据辩论，最后由教师进行总结来学习知识。

11 在中世纪，圆规象征着规则与秩序。

12 意为“透明的一层天”。在但丁的《筵席》（*Convivo*）中有所提及。这层天空是宇宙的第一动力（Primum Mobile）。

《玫瑰传奇》的接受

1《〈玫瑰传奇〉在14世纪：作品的接受史研究》（*Le* Roman de la rose *au XIV*[e] *siècle, étude de la réception de l'œuvre*），日内瓦：德罗兹图书馆（Geneve Droz），1980。

2 即新耶路撒冷。

棋盘上的《玫瑰传奇》

1 此处的页（folio）指古代手抄本或账簿等的张数，包括正反两面，而非现在书籍中的单面页。该书凡涉及古代手抄本的“页”均为此意。

2 此篇中的“爱慕者”原文首字母均未大写，故译文中不加引号。

3 在中世纪，以 J—Q，而非数字作为纵向坐标，因中世纪书写不分 i 和 j。

4 即 fierge，古法语中对“后”的称呼。中世纪的“后”只能斜走一格。

《玫瑰传奇》之争：“一场优雅而善意的辩论”？

1 这个职位由教皇格列高里九世于 1231 年设立，作为巴黎大学及其学生的代表。

2 亦被称为巴伐利亚的伊莎贝拉，路易六世的妻子。

3 Guievre，中世纪传说中一种半龙半蛇的怪兽。

4 miniature，源自拉丁语 miniare 一词，即用朱砂为原料绘制图案精细、尺寸微小的画作，但而后尺寸亦有整页、对页大小的画作。西欧中世纪的手抄本中的细密画与波斯等近东细密画相比，往往作为章节首字母装饰的一种形式，在字母内部空间作画。

《玫瑰传奇》在中世纪的传播

1 中世纪图书馆用锁链拴住书，供学生查阅。

2 即在文本处添加特殊符号，同时在页边缘重复特殊符号，并引出标题，作为索引。

印刷版的生产：《玫瑰传奇》的解读与传世

1 经过鞣制的厚重山羊皮，其特征是外观颗粒较大且不规则。最初产于摩洛哥。

2 Académie des inscriptions et belles-lettres，又译“法兰西铭文与美文学术院”。

3 最小兄弟会由 15 世纪圣徒弗朗索瓦·德·保罗创立，该修会自称是方济各会中最谦卑者。

参考文献

本书目中所列著作皆为撰写本书所用。

更详尽的研究可参考以下两个文献：

ARDEN, Heather M., *The «Roman de la Rose» : an annotated bibliography*, New York/Londres, Garland publ., 1993 (Garland medieval bibliographies, 8 ; Garland reference library of the humanities, 1358)

BRAET Herman, « Autour de la rose, 1990-2005 », dans *De la rose: texte, images, fortune*, Louvain, Paris, Dudley (Mass.), Peeters, 2006 (Synthema, 3), p. 461-520. 该书为 Heather Arden 的参考文献补充了 1990—2005 年的文献。

《玫瑰传奇》的版本与译本

GUILLAUME DE LORRIS et JEAN DE MEUN, *Le Roman de la rose*, éd. par Félix Lecoy, Paris, H. Champion, 1965-1970 (Les classiques français du Moyen Âge, n°s 92, 95 et 98)

GUILLAUME DE LORRIS et JEAN DE MEUN, *Le Roman de la rose*, chronologie, préface et établissement du texte par Daniel Poirion, Paris, Garnier-Flammarion, 1974 (Garnier-Flammarion, 270)

GUILLAUME DE LORRIS et JEAN DE MEUN, *Le Roman de la rose*, éd. d'après les manuscrits BN 12786 et BN 378, trad., présentation et notes par Armand Strubel, Paris, Librarie générale française, 1992 (Le Livre de poche, n° 4533, coll. « Lettres gothiques »)

LANGLOIS, Ernest, *Les Manuscrits du* Roman de la rose *: description et classement*, repr. en fac-sim. de l'éd. de 1910, Genève, Slatkine, 1974

研究

BADEL, Pierre-Yves, *Le* Roman de la rose *au XIVe siècle : étude de la réception de l'œuvre*, Genève, Droz, 1980 (Publications romanes et françaises, 153)

BARDIÈS-FRONTY, Isabelle, « Phallus » dans BOËTSCH G. et MAMAROZZI F. (dir.), *Morceaux exquis : le corps dans les cultures populaires*, Paris, CNRS, 2011, p. 146-153

BEL, Catherine, BRAET, Herman (dir.), *De la Rose : texte, images, fortune*, Louvain/Paris, Dudley (Mass.), Peeters, 2006 (Synthema, 3). En particulier les articles de Dulce M[a] González Doreste, Lori Walters, Luciano Rossi, Andrea Valentini, Peter De Wilde, Fabienne Pomel, Jean Devaux, Jacqueline Thibault Schaefer, Leslie C. Brook, Yvan G. Lepage

BOSSUAT, *Drouart La Vache, traducteur d'André le Chapelain* (1290), Paris, Librairie ancienne Honoré Champion, 1926

BOUCHÉ, Thérèse, « L'obscène et le sacré ou l'utilisation paradoxale du rire dans le *Roman de la rose* de Jean de Meun », dans BOUCHÉ Th. et CHARPENTIER H. (éd.), *Le Rire au Moyen Âge*, colloque international, nov. 1988, Talence, Presses universitaire de Bordeaux, 1990. p. 83-95

BOURDILLON, Francis-William, *The Early Editions of the* Roman de la rose, Londres, The Bibliographical Society, 1906

BRAET, Herman, « Entre folie et raison : les drôleries du ms BN Fr. 25526 » dans BRAET Herman, LATRÉ Guido, VERBEKE Werner (éd.), *Risus Mediaevalis : laughter in medieval literature and art*, Louvain, Presses universitaires de Louvain, 2003 (Mediaevalia lovaniensia, Series 1, Studia 30), p. 43-74

CAZENAVE, Michel, POIRION, Daniel, STRUBEL, Armand, *L'Art d'aimer au Moyen-Âge*, Paris, Philippe Lebaud, 1997

CERQUIGLINI-TOULET, Jacqueline, *La Couleur de la mélancolie : la fréquentation des livres au XIVe siècle*, 1300-1415, Paris, Hatier, 1993

CHARLES, Corinne (dir.), *Hay mas en ti / Plus est en vous : images de la femme au Moyen Âge* (XIIIe-XVe siècles), cat. exposition, Bilbao, musée des Beaux-Arts, 2011

CHARRON, Pascale, « Les réceptions du *Champion de Dames* de Martin Le Franc à la cour de Bourgogne », dans *Bulletin du bibliophile*, 2000, n° 1, p. 9-31

DAUVOIS, Nathalie et GROSPERRIN, Jean-Philippe (dir.), *Songes et songeurs* (XIIIe-XVIIIe siècle), Québec, Presses de l'Université Laval, 2003

DRAGONETTI, Roger, « Pygmalion ou les pièges de la fiction dans le *Roman de la rose* », dans *Orbis Mediaevalis*, mélanges de langue et littérature médiévales offerts à Reto Raduolf Bezzola, à l'occasion de son quatre-vingtième anniversaire, éd. par Georges Gunter, Marc-René Jung et Kurt Ringger, Berne, éd. Francke, 1978, p. 89-111

DRAGONETTI, Roger, *Le Gai Savoir dans la rhétorique courtoise*, Paris, Éditions du Seuil, 1982

DUFOURNET, Jean, « Le dessein et la philosophie du *Roman de la rose* », *Acta litteraria Academiae Scientiarum Hungaricae*, t. 23 (1981), p. 177- 214

DUVAL, Frédéric et POMEL, Fabienne (dir.), *Guillaume de Digulleville : les pèlerinages allégoriques*, colloque international de Cerisy-La-Salle, 4-8 octobre 2006, Rennes, Presses universitaires de Rennes, 2008

FAUQUET, Wilfrid, « Le Giu Parti d'Évrard de Conty : une version échiquéenne du *Roman de la Rose* », *Romania*, t.123 (n° 491-492), 2005

FLEMING, John V., *The « Roman de la rose » : a study in allegory and iconography*, Princeton, Princeton university press, 1969

FRAPPIER, Jean, « Variations sur le thème du miroir, de Bernard de Ventadour à Maurice Scève », *Cahiers de l'Association internationale des études françaises*, 1959, n° ll, p. 134-158

GOUSSET, Marie-Thérèse, *Éden : le jardin médiéval à travers l'enluminure* XIIIe-XIVe siècle, avec la collab. de Nicole Fleurier, Paris, A. Michel/Bibliothèque nationale de France, 2001

HASENOHR, Geneviève, « Les systèmes de repérage textuel », et « Les romans en vers » dans MRTIN, H.-J., et VEZIN, J. (dir.), *Mise en page et mise en texte du livre manuscrit*, Paris, éd. du Cercle de la librairie, Promodis, 1990, p. 273-288 et 245-264

HELLER-ROAZEN, Daniel, « *Li mirouers pardurables*, la question du *Roman de la rose* », *Romania*, t.122 (2004), p. 341-370

HUOT, Sylvia, « Vignettes marginales comme glose marginale dans un manuscrit du *Roman de la rose* au quatorzième siècle (BN fr. 25526) » dans BAUMGARTNER, E., BOULESTREAU, N. (éd.), *La Présentation du livre*, colloque Paris X-Nanterre, décembre 1985, Paris, Centre de recherche du département de français de Paris X-Nanterre, 1987, p. 173-186

HUOT, Sylvia, *The* Romance of the rose *and its Medieval Readers. Interpretation, Reception, Manuscript Transmission*, Cambridge (R. U.)/NewYork/Victoria (Australie), Cambridge university press, 1993

Insignes et souvenirs de pèlerins et autres « menues choseites » de plomb trouvées dans la Seine, n° hors-série du *Petit Journal des grandes expositions* (1997), publ. à l'occasion de l'exposition :
« Enseignes de pèlerinages et enseignes profanes », au musée national du Moyen Âge, Paris, Réunion des musées nationaux, 1997

JUNG, Marc-René, « Der *Rosenroman* in der Kritik seit dem 18. Jahrundert », *Romanische Forschungen* 78 (1966), p. 203-252

KARNEIN, Alfred, « La réception du *De amore* d'André le Chapelain au XIIIe siècle », *Romania*, t.102 (1981), article paru en deux livraisons, p. 324-351 et 501-542

KOLDEWEIJ, Adrianus Maria, « A barefaced *Roman de la rose* : Français 25526 and some late medieval mass-produced badges of a sexual nature », dans SMEYERS Maurits et CARDON Bert (éd.), *Flanders in a european perspective, manuscript illumination around*

1400 in Flanders and abroad, colloque international de Louvain, 7-10 septembre 1993, Louvain, Peeters, 1995

LANGLOIS, Ernest, *Origines et sources du* Roman de la rose, Paris, 1891, thèse Lettres, Paris, 1890

MC MUNN, Meradith, « Animal imagery in the text and illustrations of the *Roman de la rose* », *Reinardus*, 9, 1996, p. 87-108

Musée du Louvre, département des objets d'arts. *Ivoires médiévaux*, V^{e}-XVe siècle, catalogue, Paris, Réunion des musées nationaux, 2003

OST, Heidrunn, « Illuminating the *Roman de la Rose* in the time of the debate. The manuscript of Valencia », dans CROENEN, Godfried, et AINSWORTH, Peter (éd.), *Patrons, authors and workshops : book and book production in Paris around* 1400, Louvain, Peeters, 2006, p.405- 435 (Synthema 4)

POMEL, Fabienne (dir.), *Les Clefs des textes médiévaux : pouvoir, savoir et interprétation*, Rennes, Presses universitaires de Rennes, 2006 (Interférences)

POMEL, Fabienne (dir.), *Miroirs et jeux de miroirs dans la littérature médiévale*, Rennes, Presses universitaires de Rennes, 2003 (Interférences)

POMEL, Fabienne, *Les Voies de l'au-delà et l'essor de l'allégorie au Moyen-Âge*, Paris, Honoré Champion, 2001

ROSSI, Luciano, « Du nouveau sur Jean de Meun », *Romania*, t.122 (2004), p. 430-460

ROUSE, Richard, ROUSE Mary, « A Rose by any other name : Richard and Jeanne de Montbaston as illuminators of vernacular texts », dans *Manuscripts and their makers, commercial book producers in medieval Paris* 1200-1500, Londres, H. Miller, 2000, vol. I, chapitre IX, p. 234-260

STRUBEL, Armand, « Le sens de l'écriture et le déchiffrement du monde, I, Le Moyen Âge », dans *Histoire de la France littéraire. Naissance, Renaissance : Moyen Age-XVIe siècle*, Paris, Quadrige/PUF, 2006, p. 237-290

STRUBEL, Armand, *Guillaume de Lorris et Jean de Meun, le* Roman de la rose, Paris, PUF, 1984 (Études Littéraires)

TESNIÈRE, marie-hélène, « De l'Écriture, « jardin de la Sagesse » au *Livre des merveilles du monde* : six modèles d'esprit encyclopédique », dans *Tous les savoirs du monde*, Paris, BNF/Flammarion, 1996, p. 57-98

VALENTINI, Andrea, *Le Remaniement du* Roman de la rose *par Gui de Mori, étude et édition des interpolations d'après le manuscrit de Tournai, Bibliothèque de la Ville*, 101, Bruxelles, Académie royale de

Belgique, 2007

ZINK, Michel, *Nature et poésie*, Paris, Fayard, 2006

校勘本

ANDRÉ LE CHAPELAIN, *Traité de l'amour courtois*, trad., introd. et notes par Claude Buridant. Paris, Klincksieck, 1974

CHAUCER, *Les Contes de Canterbury*, présentation et traduction nouvelle par André Crépin, Paris, Gallimard, coll. « Folio classique », 2000

CHRISTINE DE PIZAN, JEAN GERSON, JEAN DE MONTREUIL, GONTIER et PIERRE COL, *Le Débat sur* Le Roman de la rose, éd. critique, introd., trad., notes par Éric Hicks, Paris, H. Champion, 1977 (Bibliothèque du XVe siècle, 43)

CHRISTINE DE PIZAN, JEAN GERSON, JEAN DE MONTREUIL, GONTIER et PIERRE COL, *Le Débat sur* Le Roman de la rose, traduit en françise modern par Virginie Greene, Paris, H. Champion, 2006 (Traductions des classiques du Moyen Âge, 76)

CHRISTINE DE PIZAN, *Le Livre de la Cité des dames*, trad., introd. par Éric Hicks et Thérèse Moreau, Paris, Stock, 1986

ÉVRARD DE CONTY, *Le Livre des échecs amoureux : Bibliothèque nationale*, ms fr. 9197, éd. Anne-Marie Legaré, avec la collab. de Françoise Guichard-Tesson et Bruno Roy, Paris, Chêne, 1991

GUILLAUME DE DIGULLEVILLE, *Le Pèlerinage de vie humaine*, éd. J. J. Stürtzinger, Londres, Nichols & sons, 1893

GUILLAUME de MACHAUT, « Le Dit dou vergier », dans *Œuvres de Guillaume de Machaut*, publiées par Ernest Hoepffner, Paris, Firmin-Didot, 1908, t.I, p.13-56

Le Mesnagier de Paris, éd. Georgina E. Brereton et Janet M. Ferrier, trad. et notes Karin Ueltschi, Paris, Le livre de poche, coll. « Lettres gothiques », 1994

Œuvres complètes d'Eustache Deschamps, Paris, Firmin Didot, 1894

OVIDE, *L'Art d'aimer*, trad. Danielle Robert, Paris, La Différence, 1991

PHILIPPE DE MÉZIÈRES, *Le Livre de la vertu du sacrement de mariage* (BNF, ms fr. 1175) par Joan B. Williamson, Washington, Catholic University of America Press, 1992

Les Quinze Joies du mariage, traduit et présenté par Monique Santucci, Paris, Stock/Moyen Âge, 1983

RENÉ D'ANJOU, *Le Livre du cuer d'amours espris*, éd. par Susan Wharton, Paris, 10/18, 1980

THIBAUT, *Le Roman de la poire*, éd. par Christiane Marcello-Nizia, Paris, 1984 (Société des anciens textes français)

TOMMASO III DI SALUZZO, *Il libro del cavaliere* errante (BNF, ms fr. 12559), éd. par Marco Piccat, Boves, Araba Fenice, 2008

Maintes gens dient
que en songes
Na se fables non
et mençonges
Mais len puet tel songe songier
Qui ne sont mie mençongier
Ainz sont apres bien apparant
Si en puis bien traire a garant
Un auteur qui ot non macrobes
Qui ne tint pas songes a lobes
Ainçois descript lavision
Qui avint au roy cipion
Quiconques cuide ne qui die
Que soit folesce ou musardie
De croire que songes aviegne
Qui se vouldra par fol me tiegne
Car endroit moi ai ge fiance
Que songes sont senefiance

Des biens as gens
et des anuis
Quar li pluseur
songent de nuis
Maintes choses couvertement
Que len voit puis apertement
Ou vintisme an de mon eage
Ou point qua mors prent le paage
Des ioenes gens couchiez mestoie
Une nuit si com ie soloie
Et que ie dormoie moult forment
Si vi i. songe en mon dormant
Qui moult fu biaus et molt me plot
Mais en ce songe onques riens not
Qui trestout avenu ne soit
Si com li songes racontoit
Or veil ce songe rimoier
Pour vos cuers plus faire esgaier

插图列表

131 《玫瑰传奇》，爱恋者的镜子，世界之镜（见第 195 页图注）

132 追求和朝圣的最开始，古老的四分画版式。

《玫瑰传奇》，法国国家图书馆，法语第 24392 号手抄本，第 2 页（巴黎，15 世纪初）